Hanns-Josef Ortheil

Die Moselreise

Hanns-Josef Ortheil

Die Moselreise

Roman eines Kindes

Luchterhand

FSC
www.fsc.org
MIX
Papier aus verantwortungsvollen Quellen
FSC® C014496

Verlagsgruppe Random House FSC® 001967
Das FSC®-zertifizierte Papier *Munken Premium* für dieses Buch
liefert Arctic Paper Munkedals Ab, Schweden.

4. Auflage

Umschlaggestaltung: buxdesign | München
unter Verwendung eines Motivs von © plainpicture Deepol Rudi Sebastian
Satz: dtp im Verlag
Druck und Bindung: GGP Media GmbH, Pößneck

ISBN: 978-3-630-87343-5

www.luchterhand.de

Die Entstehung der »Moselreise«

1

Es ist 5.45 Uhr. Wann immer es möglich ist, stehe ich in der Frühe zu dieser Zeit auf. Ich mache mir einen Kaffee und nehme ihn mit in mein Arbeitszimmer. Spätestens gegen 6 Uhr sitze ich an meinem Schreibtisch und beginne zu schreiben. Ich schreibe mit der Hand, ich notiere in einen Tages-Kalender, wie der vorige Tag verlaufen ist, ich notiere, was ich erlebt, mit wem ich gesprochen oder worüber ich nachgedacht habe.

Diese Notizen zum Verlauf des vorigen Tages werden später in ein großes Skizzenbuch kopiert. In dieses Skizzenbuch kommen dann noch weitere Aufzeichnungen, die ich am Tag zuvor während der unterschiedlichsten Tageszeiten in kleinen Notizheften, Notizbüchern oder auch nur auf losen Zetteln gemacht habe. Alle paar Stunden protokolliere ich, wo genau ich mich gerade aufhalte, oder ich notiere Stichworte zu meinen Lektüren, oder ich halte einfach nur fest, was ich als Nächstes vorhabe oder woran ich denke.

Gleichzeitig sammle ich während eines Tages die unterschiedlichsten Dokumente: Ausschnitte aus Zeitschriften und Zeitungen, Post- und Eintrittskarten, Texte, zu denen ich bei der ersten Lektüre irgendeine Art von innerem

Bezug empfinde. Dann und wann fotografiere ich auch: Schnappschüsse von meinen Mahlzeiten, von Räumen, in denen ich mich bewege, von Menschen, denen ich begegne. Auch diese Dokumente kommen später in das großformatige Skizzenbuch, sie rahmen die schriftlichen Aufzeichnungen und ergänzen sie um Bilder, Zeichen und Hinweise.

So entsteht Tag für Tag ein bunter Teppich aus Schriften und Bildern, es handelt sich um die Architektur eines Tages, um seine Komposition, um die Folge seiner Phasen, Erlebnisse und Atmosphären. Als Ganzes ergeben all diese Architekturen und Kompositionen ein großes Schreibprojekt, das Projekt meiner Tagesmitschriften, die sich von konventionellen Tagebüchern durch ihren protokollierenden Gestus stark unterscheiden. Ich resümiere nicht, ich verfolge nicht meine Emotionen und Stimmungen, stattdessen geht es um das Festhalten des Augenblicks, um die Moment-Skizze, um das flackernde Denken und Fühlen.

Auf den ersten Blick könnte man denken, diesem großen Projekt liegt eine Art Schreibzwang zugrunde. Ich empfinde dieses tägliche Notieren und Schreiben aber nicht als einen unangenehmen oder sogar quälenden Zwang, das Schreiben »geschieht« vielmehr beinahe von selbst, wie nebenher, wie Essen und Trinken, wie Gehen und Sehen. Wenn ich, durch irgendeinen Umstand gezwungen, mit dem Schreiben aussetze, spüre ich das nach wenigen Stunden sofort. Ich werde unruhig, lustlos und streitbar, es ist, als litte ich unter einem Drogenentzug.

Ich brauche das tägliche Notieren und Schreiben also lebensnotwendig, ich brauche es seit den frühen Kindertagen, seither habe ich nicht aufgehört, Tag für Tag notierend und skizzierend zu schreiben. Inzwischen füllen meine täglichen Notate und Skizzen Tausende von schwarzen Kladden.

2

Auf welch seltsame Weise dieses manische tägliche Schreiben in meinen frühen Kindertagen entstanden ist – davon handelt mein autobiographischer Roman *Die Erfindung des Lebens*. Ich erzähle dort von dem jungen Johannes Catt, meinem Alter Ego, der zusammen mit seiner Mutter in einer stummen Symbiose aufwächst. Vier Söhne hat die Mutter in Kriegs- und Nachkriegszeiten verloren, durch diesen Verlust ist sie mit der Zeit immer sprachloser und schließlich stumm geworden. In ihrer Hilflosigkeit klammert sie sich eng an den fünften Sohn, den jungen Johannes, der von seinem dritten Lebensjahr an ebenfalls immer sprachloser und schließlich auch stumm wird. Als er in die Volksschule kommt, wird das Leben für ihn unerträglich. Er lernt weder sprechen noch schreiben und wird schließlich von dem besorgten Vater aus der Schule genommen.

Für einige Wochen geht der Vater mit dem hilflosen Kind auf das Land, dorthin, wo er selbst zusammen mit zehn Geschwistern aufgewachsen ist. In der weiten Natur rund um einen großen Bauernhof machen Vater und Sohn lange Spaziergänge und Wanderungen, und auf diesen Wegen lernt das stumme Kind allmählich zeichnen und schreiben.

Von da an notiert es Tag für Tag, was es sieht und hört,

es notiert die jeweils neu gelernten Worte, es protokolliert Gespräche und Eindrücke, und es ergänzt all diese Aufzeichnungen um Fotos und allerhand Textmaterial, das es auf seinen Wegen irgendwo gefunden und aufgelesen hat. Durch dieses unermüdliche Aufschreiben und Notieren wehrt es sich gegen eine tief sitzende Angst: Gegen die Angst, die Sprache wieder zu verlieren und damit wieder zurückzufallen in den stummen, zeitlosen Kosmos seiner frühen Jahre.

Dagegen kämpft das Schreiben an, es erscheint wie eine leuchtende Schrift-Spur, die bezeugt, dass und wie »Zeit« sich gestaltet hat. Denn in den Spuren der Schrift ist das Vergehen, aber auch die Formung von »Zeit« ablesbar: *so ist das gewesen …, dort bin ich gewesen …* Indem das Kind in seine Kladden blickt und indem es sich an »Zeit« erinnert, entdeckt es seine eigene Geschichte. Als das Kind diese große Entdeckung macht, weiß es, dass es sich durch das Schreiben retten und am Leben erhalten kann. Es ist nun kein »stummer Idiot« mehr, der Raum und Zeit kaum erlebt, sondern es ist ein »Leser«, der Räume und Zeiten auf sich bezieht und ihre Wirkungen auf die Wahrnehmung protokolliert. So schafft sich das Kind seine ganz besonderen, selbst geschriebenen »Lese«- und »Lebensbücher«, und so entwirft es das »Archiv seines Lebens«.

3

Nach den Lesungen aus meinem Roman *Die Erfindung des Lebens* haben mich die Zuhörer oft gefragt, wie denn genau all die vielen Aufzeichnungen aussahen, die ich bereits als Kind gemacht habe. Die Notate der *Moselreise*, die sich im Folgenden an diese Vorbemerkungen hier anschließen, vermitteln davon einen guten Eindruck. Sie verfolgen eine fast zweiwöchige Wanderung, die ich als Elfjähriger im Sommer 1963 zusammen mit meinem Vater entlang der Mosel gemacht habe.

Als wir uns damals in Köln in den Zug nach Koblenz setzten, hatte ich viele meiner kleinen Notizkladden, einen Haufen Blei- und Buntstifte, eine Schere, einen Papierkleber und einen Fotoapparat dabei. Schon während der Zugfahrt begann ich mit den ersten Notaten: Was hörte ich auf dem Bahnsteig? Wovon sprach der Vater? In welchem Buch las er so interessiert? Die Notate waren also Mitschriften all dessen, was gerade geschah, und sie enthielten sich fast jeden Kommentars. Ich wollte auffangen und festhalten, was um mich herum passierte, keineswegs aber wollte ich darüber schreiben, was ich empfand.

Damals hatte ich schon einige Jahre täglich notiert und geschrieben, ich war darin also kein Anfänger mehr. So war es zu einer Gewohnheit geworden, während des Tages immer wieder Schreibpausen einzulegen und in diesen Schreibpausen rasch aufzuschreiben, was ich mir unbedingt merken wollte. Solche rasch gesammelten Notate bestanden häufig aus Daten, Namen und anderen Fakten, die sich nicht selten zu kleinen Listen erweiterten.

Zum anderen aber konnten solche Notate auch aus kleinen Schreibübungen bestehen, deren Themen ich mir selbst vorgab. Diese Schreibübungen kannte ich von den Spaziergängen mit meinem Vater her, denn während dieser Spaziergänge hatte mein Vater mir oft einfache Themen gestellt, zu denen ich ohne langes Nachdenken aufgeschrieben hatte, was mir durch den Kopf ging. *Warum ich den Wald mag/ Womit ich am liebsten spiele* – das waren zum Beispiel solche Themen, die ich mit nur wenigen Sätzen und im Umfang von höchstens einer Seite bearbeiten sollte.

Die raschen Notate und die kleinen Schreibübungen ergaben zusammen mit den gesammelten Postkarten, Fotos und anderen Dokumenten am Ende der Reise ein dickes Konvolut von Notizzetteln und Aufzeichnungen, die ich nach meiner Rückkehr nach Köln in einen längeren, geschlossenen Text umzuschreiben begann. Die Notate benutzte ich als Vorlage zu einer Reiseerzählung, und die Schreibübungen integrierte ich in diese fortlaufende, chronologisch gestaltete Erzählung in der Form von kurzen Stationen. So entstand die Reise-Collage *Die Moselreise*: als fortlaufende Erzählung einer Reise von Vater und Sohn, aber auch als Stimmen-, Text- und Bilder-Collage des Landschaftsraums Mosel.

4

Dass *Die Moselreise* aber mehr war als nur eine schlichte Reiseerzählung, das ahnte ich als Kind nicht. Ich war stolz, so viel wie möglich von den Erlebnissen, Gesprächen und Orten der Reise festgehalten zu haben, aber ich wusste nicht, dass für einen erfahrenen Leser hinter der dokumentarischen Folie der Erzählung noch eine ganz andere Erzählung sichtbar wurde. Ich meine die Erzählung von Vater und Sohn, ja ich meine die Erzählung von ihrer engen Zusammengehörigkeit und von ihrer gegenseitigen starken Liebe und Achtung.

Unaufhörlich gibt der Junge, der ich war, sich nämlich Mühe, dem Vater so nahe wie möglich zu sein und ihn, so gut es eben geht, zu verstehen. Jeder Bemerkung des Vaters geht er nach, jedem noch so kleinen Hinweis und Zeichen. All diese Hinweise und Zeichen werden aufgegriffen, genauer betrachtet und weiterverfolgt, so dass die Moselreise darüber zur Geschichte einer intensiven Annäherung an all die Welten wird, in denen der Vater zu Hause ist.

Durch den Vergleich mit diesen Welten konstruiert der Junge seine eigenen Welten, ja man könnte sogar sagen, dass er sie genau wie der Vater abgrenzt, vermisst, beschriftet und für sich bewohnbar macht. Dadurch aber wird die Fremde zu einem Raum, der durch den vertrauten und immer selbstverständlicher werdenden Umgang mit dem Vater allmählich seine bedrohliche Fremdheit und Ferne verliert. Das Kind zieht die Welt während des Schreibens immer enger an sich heran, und es lernt, sich in dieser fremden Welt immer freier und erfahrener zu bewegen.

Es genügt dem Jungen aber nicht, durch den engen Umgang mit dem Vater die Erfahrung einer immer stärkeren Vertrautheit mit der Welt zu machen. Damit die Vertrautheit mit der Fremde sich herstellen kann, muss auch die Mutter in diese Vertrautheit einbezogen sein. So schreibt der Junge ihr an jedem Tag mehrere Postkarten mit kurzen Berichten, Fragen und Deklamationen. Diese Postkarten sind der Versuch, den Abstand zur zweiten, stark geliebten Elternfigur zu verringern und sie einzubinden in die Sphären von Vater und Sohn.

Die Mutter nämlich ist (wegen einer schweren Herzkrankheit, die ein längeres Reisen unmöglich macht) zu Hause, in der Kölner Familienwohnung, geblieben. Jede Erinnerung an sie weckt das »Heimweh« und belebt die Sehnsucht nach baldiger Rückkehr. Um diese Sehnsucht auf ein zumindest erträgliches Maß zu verringern, bindet der Junge die Reise an Bilder der Mutter. Er erinnert sich an sie, er versucht sich vorzustellen, was sie gerade tut und womit sie beschäftigt ist. Lange Zeit gelingt es ihm, durch das Aufbieten all dieser Szenen und Erinnerungen so etwas wie ein nahes Mutter-Bild herzustellen und die damit verbundenen starken Empfindungen zu beruhigen.

Mit dieser Beruhigung ist es jedoch vorbei, als der Junge während der Reise auf ein Klavier trifft und auf diesem Klavier spielt. Das Klavierspiel trägt ihn sofort und mit großer Wucht zurück in den Raum der Familienwohnung und vor allem zurück zur Mutter. Klavier spielen nämlich hat der Junge bereits als stummes Kind von der damals noch ebenfalls stummen Mutter gelernt. Sie war seine erste Klavierlehrerin, und das Klavier war das erste Instrument, mit dessen Hilfe es dem Kind gelang, seine Gefühle auszudrücken und anderen zu vermitteln.

Die Begegnung mit dem Klavier ist also in der Erzählung von der Moselreise der Moment der Krise: Vater und Sohn überlegen ernsthaft, nach Hause zurückzukehren. Damit wäre freilich ein Eingeständnis verbunden, das Eingeständnis nämlich, dass es sich außerhalb der Kölner Familienzelle kaum leben lässt. Instinktiv spürt das Kind, dass dieses Eingeständnis eine Niederlage bedeuten würde. Und so richtet es sich auf und kämpft gegen das »Heimweh« an.

Die Moselreise wird dann doch fortgesetzt und führt sogar noch zu einem überraschenden, verblüffenden Schluss, der von heute aus beinahe wie ein novellistisches und damit kunstvolles Ende erscheint. Es ist ein Ende, in dem die Familientrias von Mutter, Vater und Sohn in durch die Reise veränderter Form wiedererscheint und in ihrer veränderten Erscheinung den Eindruck erweckt, ein neues, erweitertes Lebensprojekt für die gemeinsame Zukunft gefunden zu haben.

Die Moselreise

Ein Reisetagebuch im Sommer 1963

24. Juli 1963

Im Bahnhof

Der Mann mit der roten Mütze
Die Pfeife des Mannes mit der roten Mütze
Der schrille Pfiff
»Achtung, Achtung! Zug auf Gleis 1a fährt sofort ab! Bitte Vorsicht an der Bahnsteigkante!«

Im Zug

Papa: Willst Du zum Fenster rausschauen, oder wollen wir Karten spielen?
Ich: Ich möchte erst zum Fenster rausschauen und dann Karten spielen.

Blick aus dem Fenster

Am liebsten würde ich laufend aussteigen: Jetzt, jetzt und wieder jetzt…

Ich möchte mir alles genauer und länger anschauen, es geht viel zu schnell…

Wenn ich aus dem Fenster schaue, schaue ich eine Weile auf einen Punkt, so fest und lange, bis er verschwunden ist, das hilft…

Wir sind gegen zehn Uhr in Koblenz angekommen und haben unsere Rucksäcke und Taschen gleich in ein Schließfach gepackt, zum Glück gibt es in Koblenz genügend Schließfächer. Dann haben wir den Bahnhof verlassen und festgestellt, dass es in Koblenz ein schönes Sommerwetter gab, so, wie wir es uns gewünscht hatten. »Was für ein schönes Sommerwetter«, hat Papa gesagt, und ich habe gesagt, dass wir am besten gleich an den Rhein gehen sollten, weil es dort zusammen mit dem schönen Wetter bestimmt am schönsten sei.

Papa hat noch eine Weile hin und her überlegt, er wollte sich nämlich zunächst etwas anderes in Koblenz anschauen, dann aber hat er doch gesagt, dass wir uns wegen des schönen Wetters jetzt nichts anderes mehr anschauen, sondern gleich zum Rhein gehen. Ich habe ihn gefragt, wie wir heraus bekommen, wo der Rhein liegt, da hat er gesagt, dass es ganz einfach sei, zum Rhein zu kommen, man müsse nur geradeaus gehen, und er wisse genau Bescheid.

Papa weiß immer genau Bescheid, wie man in einer Stadt etwas findet, auch wenn er gar keine Stadtpläne dabei hat, weiß er das immer genau, ich möchte bloß wissen, wie er das macht. Ich glaube, dass er in Koblenz so genau Bescheid weiß, weil er ja schon mehrmals in Koblenz war, aber wie macht er es, in Städten genau Bescheid zu wissen, in denen er noch nie war? Ich werde versuchen, auf dieser Wanderung heraus zu bekommen, wie Papa es anstellt, genau Bescheid zu wissen, dann kann ich es später vielleicht auch.

Postkarte 1

Liebe Mama, ich sitze im Koblenzer Hauptbahnhof und schreibe Dir: Wir sind gut angekommen! Im Zug habe ich aus dem Fenster geschaut, und dann habe ich mit Papa Karten gespielt. Zum Schluss hat Papa eine Zeitung gelesen, und ich habe etwas aufgeschrieben und gekritzelt. In Koblenz gibt es ein »astreines« Sommerwetter, wie Papa eben gesagt hat. Wir denken beide an Dich. Dein Bub

Wir sind also zum Rhein gegangen und haben ihn sofort gefunden, auch am Rhein war es schön sonnig, und ich bin ein kleines Treppchen hinunter bis ganz nahe ans Wasser gegangen und habe die Steine übers Wasser hüpfen lassen, ganz lange habe ich Steine übers Wasser hüpfen lassen, und Papa hat unter einem großen Baum in der Nähe gesessen und ein kühles Glas Moselwein getrunken und viele Zeitungen gelesen.

Wie die Steine hüpfen

Erst ein paar kurze, dann immer längere Sprünge
tap-tap-tap-taap-taaap-taaaap
Die Steine flitzen über das Wasser, beinahe ohne es zu berühren
Die Steine tauchen nicht ein, das Wasser verschluckt sie

Moselwein – Namen

»Cröver Nacktarsch«
»Zeller Schwarze Katz«
»Bullayer Brautrock«

Moselwein – Namen 2

Ich: Was sind das für seltsame Namen?
Papa: Das sind Namen von Weinlagen. Cröv, Zell und Bullay sind Orte an der Mosel, wo Wein angebaut wird.
Ich: Und Nacktarsch und Schwarze Katz und Brautrock?
Papa: Wie es zu diesen Namen kam, erzähle ich Dir, wenn wir in Cröv, Zell und Bullay angekommen sind.

Irgendwann ist Papa zu mir gekommen und hat auch ein paar Steine übers Wasser hüpfen lassen, und dann hat er gesagt, dass jetzt bald Mittag sei und ich sicher großen Hunger hätte. Ich hatte aber gar keinen Hunger, und das sagte ich auch gleich, weil ich noch weiter am Rhein bleiben wollte. Papa aber sagte, in Wahrheit hätte ich sicher Hunger, ich merke es bloß nicht, und außerdem habe er auch Hunger, schließlich sei ja jetzt Mittag. Papa hatte recht, es war Mittag, und da hat man eben Hunger, auch in Koblenz ist das so.

Fragen

Ob Mama sich ein Mittagessen kochen wird, nur für sich allein?
Ob Mama mich vermisst, wenn sie nach dem Essen allein an den Rhein geht?

Mama hat mir versprochen, nach dem Mittagessen an den Rhein zu gehen. Sie steht in Köln am Rhein, ich in Koblenz, wir stehen nach Mittag beide am Rhein und denken aneinander. Ob das klappt?

Papa sagte dann, dass wir an einem ganz besonderen Ort essen würden, nämlich hoch oben, in der Höhe also, in einem Berghotel, das den Namen »Rittersturz« hat. Ich wollte eigentlich nicht in die Höhe, ich wäre lieber am Rhein geblieben, aber Papa sagte, dass wir nicht immer am Rhein bleiben könnten, weil es in Koblenz noch etwas anderes zu sehen gebe als bloß den Rhein, und vom Hotel »Rittersturz« aus könne man überhaupt alles von Koblenz sehen, den Rhein, die Mosel und überhaupt alles.

Weil es aber so sonnig und heiß war, sind wir nicht zu Fuß hinauf zum Hotel »Rittersturz« gegangen, sondern wir sind mit einem Bus hinauf gefahren, und oben auf der Höhe war wirklich ein großes Hotel, das eine schöne Gartenterrasse hatte, so dass wir uns auf die Terrasse gesetzt haben, von wo aus Papa mir ganz Koblenz von oben erklären konnte.

Immer, wenn ich mit Papa unterwegs bin, fahren wir sehr bald irgendwo hinauf auf eine Höhe, damit er mir alles erklären kann. Papa mag das sehr, und wenn wir auf der Höhe angekommen sind, pfeift er vor sich hin und freut sich, dass wir nun so hoch sind und man die ganze Umgebung gut überblicken kann. Papa mag es einfach, die Landschaften gut zu überblicken, und ich mag es auch ein bisschen, obwohl ich es unten am Rhein doch noch etwas schöner fand. Papa fragte mich, ob es mir hoch oben gefalle, und ich sagte »ja, sehr«, aber unten am Rhein habe es mir noch etwas besser gefallen, da sagte er, dass wir nach dem Essen noch einmal hinunter an den Rhein gehen würden, mir zuliebe, dass wir aber jetzt etwas Gutes essen wollten, denn hier oben, im Berghotel, gebe es etwas viel Besseres zu essen als unten am Rhein.

Buntpostkarten Berghotel »Rittersturz«

In der Hotelhalle des Berghotels »Rittersturz« haben wir drei Buntpostkarten gekauft, auf denen das Berghotel abgebildet ist. Zwei dieser Karten klebe ich in mein Reisetagebuch, die dritte schicke ich an Mama.

Wir haben uns hingesetzt und den Ober hin und her laufen lassen, und wir haben etwas zu trinken und zu essen bestellt. Papa hat eine Roulade gegessen und ich eine Bratwurst, und ich muss sagen, dass das Essen wahrhaftig sehr gut war und wahrscheinlich viel besser als das Essen unten am Rhein. Jedenfalls habe ich vom Berghotel «Rittersturz« aus den Rhein sehen können und auch die Mosel, die wir nun entlang wandern wollen bis Trier, und ich habe eine römische Brücke gesehen und eine Festung, es war schon toll, auf der Höhe zu sitzen und das alles zu sehen.

Nach dem guten, nein, nach dem sehr guten Essen habe ich auf der dritten Buntpostkarte an Mama geschrieben und die Karte dann in den Briefkasten des Hotels geworfen.

Postkarte 2

Liebe Mama, wir sitzen im Hotel »Rittersturz« hoch über Koblenz und haben gerade zu Mittag gegessen. Gleich gehen wir wieder an den Rhein, und dort denke ich an Dich, denn Du stehst dann ja zur selben Zeit in Köln am Rhein. Mach Dir keine Sorgen, es geht mir sehr gut. Auch Papa hat sehr gute Laune und lauter prima Ideen. Dein Bub

Wir sind mit dem Bus wieder hinunter gefahren, und Papa hat Wort gehalten, und wir sind noch einmal für eine Stunde an den Rhein gegangen. Papa hat die »Rhein-Zeitung« gelesen, und ich habe wieder die Steine hüpfen lassen, und am Schluss hat auch Papa noch einmal die Steine hüpfen lassen. Papas Hüpf-Rekord war neunmal, und ich bin bis sieben gekommen, immerhin, beinahe hätten meine Steine sogar so oft gehüpft wie Papas Steine, also neunmal.

An Mama denken

Ich habe an Mama gedacht und daran, wie sie in ihrem langen, hellen Mantel in Köln am Rhein steht und an mich denkt.
Mama hat einen Moment die Augen geschlossen und ganz feste an mich gedacht.
Und ich habe einen Moment die Augen geschlossen und ganz feste an Mama gedacht.
Und da hat es wirklich geklappt, wir haben uns beide gesehen.

Dann aber sind Papa und ich wieder zum Bahnhof gegangen, wir haben unser Gepäck aus dem Schließfach geholt und sind mit einer Bummelbahn nach Kobern-Gondorf gefahren. In Kobern-Gondorf haben wir unser Gepäck bis zu einem Hotel getragen, das Hotel hieß »Zum Keglerheim«, weil man dort kegeln konnte. Ich sagte, dass ich große Lust zum Kegeln hätte, Papa aber sagte, dass man nicht am Nachmittag kegle, sondern am Abend, und wenn die Kegelbahn frei sei, würden wir dann auch versuchen, am Abend zu kegeln, vorher aber sollten wir uns die Mosel anschauen.

Wir haben unsere Badesachen aus den Koffern geholt und sind hinunter zur Mosel gegangen, und dann haben wir beide in der Mosel gebadet, und manchmal sind ein paar Schiffe vorbei gekommen, und Papa hat mir erklärt, dass es keine Schiffe, sondern Schleppkähne seien.

Die Mosel

Die Mosel bei Kobern-Gondorf ist nicht so breit wie der Rhein bei Köln.
Papa sagt, der Rhein sei ein »mächtiger«, die Mosel aber ein »lieblicher« Fluss.
An »lieblichen« Flüssen wächst sehr viel Wein, an »mächtigen« wächst nicht so viel Wein, dafür aber fahren mehr Schiffe.

Ich habe ununterbrochen in der Mosel gebadet, aber Papa ist nach einer Weile ans Ufer gegangen und hat etwas gelesen. Das Buch, das er liest, ist auf Latein und auf Deutsch und von einem alten, römischen Autor.

Das Buch, das Papa liest

Magnus Ausonius: »Mosella« – so heißt der Autor, und so heißt das Buch.

Das Buch handelt von der Mosel.

Papa sagt, dass auch Ausonius die Mosel »lieblich« nenne, und zwar schreibe er gleich zu Beginn seines Buches: »amoena fluenta«, das heißt: »liebliche Fluten«.

Ich habe Papa gebeten, mir später einmal aus dem Buch vorzulesen, und er hat es mir versprochen.

Es war toll, in der Mosel zu baden, fast zwei Stunden haben wir in ihr gebadet, dann sind wir zurück zum Hotel gegangen, und ich habe Papa gefragt, ob jetzt Zeit sei zum Kegeln. Papa aber hat »nein, jetzt noch nicht« gesagt, und dann hat er wieder gesagt, dass ich nach dem langen Baden doch sicherlich Hunger hätte, aber ich hatte gar keinen Hunger, und das habe ich ihm dann auch gesagt. Da hat er gesagt, dass der Hunger schon noch kommen werde, und damit er auch richtig komme, wollten wir vor dem Abendessen noch auf die Höhe gehen, denn oberhalb von Kobern-Gondorf gebe es eine Ritterburg, die wir uns anschauen sollten.

Ich fragte Papa, ob die Ritterburg oberhalb von Kobern-Gondorf etwas Ähnliches sei wie das Berghotel »Rittersturz« oberhalb von Koblenz, und da hat er »ja, in etwa« gesagt, und dann sind wir durch viele Weinberge hinauf auf die Höhe gestiegen und haben uns die Mosel und Kobern-Gondorf, das aus Kobern und daneben Gondorf besteht, von oben angeschaut. Vater hat wieder vor sich hin gepfiffen und mir die ganze Landschaft erklärt, und dann habe ich gesagt, dass ich nun wahrhaftig großen Hunger hätte, und da hat Papa »siehst Du« gesagt, und wir sind herunter zu unserem Hotel gegangen und haben dort ein paar Schnittchen verputzt.

Die Niederburg von Kobern-Gondorf

Die Niederburg liegt etwa 150 Meter hoch.
Sie hat einen Bergfried und sehr hohe Außenmauern.
Sie ist eine Höhenburg, die von Adligen bewohnt wurde.
Das ist etwa neunhundert Jahre her.

Noch während des Verputzens der Schnittchen hat Papa den Besitzer des Hotels, der noch sehr jung war, gefragt, ob wir etwas kegeln könnten, und der junge Besitzer hat gelacht und gesagt »na klar«, und dann sind wir hinüber zur Kegelbahn gegangen und haben die Kegel abgeräumt.

»Abräumen« hat Papa immer wieder gerufen, «abräumen« oder auch »abgeräumt«, und dann hat er mit einem einzigen Wurf die Kegel abgeräumt, und nach einer Weile habe ich sie auch abgeräumt und sogar einmal ein Schwein geworfen und einen Kranz, das war toll, richtig toll, und als Papa gefragt hat, wie es mir auf der Reise gefalle, habe ich gesagt, dass es sehr schön sei, und da hat Papa, weil er sich darüber gefreut hat und es uns so toll erging, noch einmal einen Moselwein bestellt, und wir haben dann zusammen (ich natürlich nur eine «Sinalco«) »gebechert«, wie Papa gesagt hat, und nach dem Bechern sind wir, wie Papa gesagt hat, »ab in die Betten« gegangen und haben dann auch sehr gut geschlafen...

Kegeln

Hohe und niedrige Hausnummer
Fuchsjagd
Alle Neune

Postkarte 3

Liebe Mama, heute Abend habe ich zum ersten Mal gekegelt. Kegeln macht großen Spaß, vor allem das »Abräumen«. Dann stürzen die Kegel alle übereinander her und kollern in ein Loch, und man sieht sie nicht mehr. Ich wünsche Dir eine gute Nacht. Dein Bub

25. Juli 1963

Ich habe nicht gut geschlafen, und das kam daher, dass ich mit Papa in einem Zimmer geschlafen und ihn atmen gehört habe. Kurz bevor ich richtig einschlafen wollte, hat das angefangen, ich habe Papa atmen gehört, und ich habe so sehr darauf geachtet, wie er atmete, dass ich selbst nicht einschlafen konnte. Ich habe mich auch gefragt, wie ich denn selbst atme, und ich habe versucht, mir dabei zuzuhören, wie ich atme, aber ich habe mich nicht atmen hören, und es war so, als atmete ich überhaupt nicht. Papa aber hat sehr viel und ganz verschieden geatmet, mal leiser und langsamer, mal lauter, dann aber auch eine Zeitlang überhaupt nicht. Ich habe ihm dabei immer weiter zugehört und das hat mich so durcheinander gebracht, dass ich vergessen habe, einzuschlafen. Erst tief in der Nacht bin ich eingeschlafen, aber nicht richtig, denn ich bin während der Nacht immer wieder wach geworden und habe Papa beim Atmen zugehört. Am Morgen habe ich Papa davon erzählt, und Papa hat gelacht und gefragt, wie er denn atme, und ich habe Papas Atmen nachgemacht, alle Sorten.

Papa nachmachen

Manchmal mache ich Papa nach.
Ich mache nach, wie er etwas isst oder trinkt.
Ich mache nach, wie er lacht.
Ich mache nach, wie er die Brille aufsetzt und Zeitung liest.
Ich mache Papa nach, weil er manchmal so komisch ist, und weil er es mag, wenn ich ihn nachmache.
Mama mache ich niemals nach. Mama ist nicht komisch.

Wir haben im »Keglerheim« ein kleines Frühstück (zwei Scheiben Brot mit Marmelade, Pfefferminztee) gefrühstückt, und dann haben wir unsere Rucksäcke und Taschen zum Bahnhof gebracht und sie dort aufgegeben. Die Taschen sind ohne uns mit einem Zug weiter bis nach Moselkern gefahren worden, dort konnten wir sie später wieder am Bahnhof abholen. Wir selbst aber haben uns zu Fuß auf die Wanderung nach Moselkern gemacht.

Während unserer Wanderung sind wir direkt an der Mosel entlang gewandert, auch die Eisenbahnstrecke verlief direkt entlang der Mosel, so dass die Züge manchmal ganz nahe an uns vorbei fuhren. Das Wandern war also ganz einfach, denn wir brauchten überhaupt keine Karten, wir gingen einfach immer an der Mosel entlang, die Mosel war unser Reiseführer. Weil wir aber keine Karten brauchten und auch sonst nicht abgelenkt waren, konnten wir uns beim Wandern unterhalten, und so fragte ich Papa, was er denn am Morgen so alles aus der Zeitung erfahren habe, denn Papa hatte nach dem Frühstück noch kurz in einer Zeitung gelesen.

Papa sagte, dass er einen Artikel über den neuen Papst gelesen habe, und dann erzählte er mir etwas über den neuen Papst, der Paul VI. heißt und der Nachfolger von Johannes XXIII. ist. Papa und Mama haben Johannes XXIII. sehr verehrt und gemocht, deshalb fragte ich Papa, ob er auch den neuen Papst, Paul VI., verehre und möge. Papa sagte aber, dass er das noch nicht sagen könne, vielmehr werde sich das noch herausstellen, und zwar dann, wenn der neue Papst einige Zeit im Amt sei. Dann erzählte Papa auch noch davon, dass der neue Papst früher Erzbischof von Mailand gewesen sei und dass er jetzt die große und schwere Aufgabe habe, das Zweite Vatikanische Konzil weiter zu führen und an ein gutes Ende zu bringen. Ich fragte Papa, wie man eigentlich so ein Konzil führe, und Papa erklärte es mir, und ich hörte gut zu und überlegte, was ich selbst tun würde, um ein Konzil gut zu Ende zu führen.

Das Zweite Vatikanische Konzil

Das Zweite Vatikanische Konzil hat im Oktober des vorigen Jahres begonnen. Viele Kardinäle und Bischöfe nehmen an ihm teil.

Wenn ich Papst wäre, würde ich anordnen, dass jeder Kardinal oder Bischof, der an dem Konzil teilnimmt, an jedem Sonntag in Rom mit den Römern zu Mittag essen soll, und das immer an einem anderen Ort mit immer anderen Menschen.
Durch das Mittagessen an immer einem anderen Ort mit immer anderen Menschen könnte der Kardinal oder Bischof erfahren, was die Menschen über das Konzil denken und was sie als Nächstes von ihm erwarten und ob sie gute Vorschläge haben, worüber man während des Konzils alles reden sollte.

Wie gestern war auch heute sehr gutes Wetter, und Papa hat sich sehr gefreut, dass wir so ein Glück mit dem Wetter hatten, und auch ich habe mich sehr gefreut. Kurz vor Mittag sind wir dann in Kattenes angekommen. Der Name Kattenes kommt von den eisernen Ketten, die die Bewohner früher durch die Mosel gespannt hatten, um die Schiffe der Raubritter zu zerstören. Direkt an der Mosel gab es das »Weinhaus Gries«, das eine schöne, offene Terrasse mit viel Weinlaub drum herum hat, hier waren noch viele Tische frei, und so setzten wir uns an einen der freien Tische und ruhten aus. Papa trank ein Glas Moselwein, und ich trank einen Sprudel, und dann schrieb ich an Mama eine Karte.

Postkarte 4

Liebe Mama, heute wandern wir von Kobern-Gondorf nach Moselkern und machen gerade in Kattenes Rast. Das Wandern geht ganz leicht, denn es geht immer an der Mosel entlang. Wir haben uns überlegt, wie es mit dem Konzil weiter geht und was der neue Papst tun soll, damit es gut weiter geht. Hast Du da dazu auch ein paar Ideen? Herzliche Grüße von Deinem Bub

Eigentlich wollten wir im »Weinhaus Gries« nur eine Rast machen, aber dann gefiel es uns dort so gut, dass wir gleich zum Mittagessen geblieben sind. Gegenüber von Kattenes, auf der anderen Moselseite, lag nämlich hoch oben auf einem Hügel die Burg Thurandt. Sie hat nicht nur einen, sondern gleich zwei mächtige Türme, und das gefiel Papa so gut, dass er begann, die Burg mit den zwei Türmen (»Bergfriede« sagt Papa dazu) zu zeichnen.

Papa zeichnet

Papa zeichnet mit der Brille auf der Nase. Er schaut über die Brille weg auf das, was er zeichnen will. Und er schaut durch die Brille hindurch auf das, was er zeichnet.

Wenn Papa zeichnet, sieht man seine Zunge zwischen den Lippen.

Wenn Papa zeichnet, verzieht er manchmal das Gesicht, als tue ihm etwas weh. Es tut ihm aber nichts weh, er hat nur Angst, dass er das Zeichnen nicht richtig hinbekommt.

Ich aber bin hinunter an die Mosel gegangen und habe meine Hose ausgezogen und bin mit den nackten Füßen am Ufer entlang im niedrigen Wasser auf und ab gegangen. Direkt am Ufer habe ich dann wahrhaftig einige Fische gesehen, ganz deutlich, ich habe mich herunter gebückt und sie genau angesehen, ganz genau, ganz lange, und dann habe ich sie mir gemerkt und bin hinauf zu Papa gelaufen und habe ihm von den Fischen erzählt. Papa aber hat zunächst nur stumm genickt, weil er noch zu sehr mit dem Zeichnen beschäftigt war, und als er zu Ende gezeichnet hatte, stand auch schon das Essen auf dem Tisch, und ich konnte ihm nicht gleich von den Fischen erzählen. Auf Papas Teller lag aber ein Aal aus der Mosel mit etwas Kräutersauce und kleinen Kartoffeln, da hatte ich Glück, denn nun konnte ich Papa fragen, wie ihm der Aal schmecke, und anschließend von den Aalen am Ufer erzählen, die ich gesehen hatte.

Der Aal

Der Aal bewegt sich wie eine Schlange, sein Hinterteil ist immer ganz woanders als sein Vorderteil. Er ist ein sehr neugieriger Fisch, der sich kurz überall umschaut und viel mehr weiß als die meisten anderen Fische. Er schlängelt sich an den Steinen vorbei und flitzt, wenn er Angst hat, plötzlich davon.

Papa sagte, dass er zu den leidenschaftlichen Aalessern gehöre und dass das Aalessen etwas Besonderes sei, weil es nicht viele Menschen gebe, die gern Aal essen würden. Der Aal auf seinem Teller sei nicht geräuchert, sondern gekocht, man schneide ihn in kleine Stücke und koche ihn ganz, ganz vorsichtig in einer Brühe mit vielen Kräutern und Wein. Ob ich das einmal probieren wolle? Ich schüttelte den Kopf und sagte, dass ich vielleicht irgendwann einmal auch ein leidenschaftlicher Aalesser werde, jetzt aber noch nicht, und dass ich jetzt lieber meinen Salat mit Hähnchen essen würde.

Fragen

Warum isst Mama nicht gerne Fisch?
Würde Mama einen Aal essen? (Nein, ich glaube nicht.)
Gibt es auch einen Fisch, den Mama sehr gerne isst? (Ich weiß es nicht.)

Dann aber erzählte ich Papa noch von den Fischen in der Mosel, indem ich sie genau beschrieb, so, wie ich sie gesehen hatte, und am Ende hatten wir heraus bekommen, dass ich anscheinend einen Hecht, mehrere Aale und vielleicht sogar einen Wels gesehen hatte. Da erinnerte sich Papa aber plötzlich daran, dass er gestern in dem Buch des römischen Schriftstellers Ausonius über die Mosel auch etwas über die Fische in der Mosel gelesen hatte, deshalb holte er das Buch aus seinem Rucksack und suchte nach der richtigen Stelle und las mir diese Stelle dann vor.

»Hör dir das an«, rief Papa, und dann las er ein paar Sätze, hielt an und sagte wieder »Hör dir das an!«, und dann las er die Stelle noch einmal, und so las er laufend einige Sätze, sagte »Hör doch!« oder »Na so was!« und las dann die vorgelesenen Sätze noch einmal, als habe er sie beim ersten Lesen nicht richtig verstanden. Als er die ganze Stelle über die Fische in der Mosel vorgelesen hatte, sagte er, dass es eine besonders schöne Stelle sei, weil Ausonius die Fische sehr genau beschreibe und man wirklich den Eindruck habe, dass Ausonius am Ufer der Mosel im Wasser gestanden und die Fische der Mosel mit eigenen Augen gesehen habe.

Wahrhaftig hatte Ausonius zu Beginn der Stelle über die Fische der Mosel nämlich auch davon geschrieben, wie er sich über das Wasser gebeugt und in die klare Tiefe des Moselwassers geschaut und dort in der Tiefe den Sand und sogar die grünen Gräser und die leuchtenden Kiesel gesehen und dann, bei längerem Hinschauen, schließlich die Fische entdeckt hatte: Forellen, Barben, Hechte, Welse und noch viele andere. Jeden Fisch hatte er aber einzeln beschrieben, und wahrhaftig hatte er das so genau getan, dass man die Fische nach seinen Beschreibungen hätte zeichnen können. Beim Lachs zum Beispiel hatte er den breiten Schwanz und den schuppigen Leib und den glänzenden, glatten Kopf mit den dunklen Punkten beschrieben, ich hatte zwar keinen Lachs im Wasser der Mosel gesehen, wohl aber hatte Papa früher einmal anderswo Lachse gesehen, und so behauptete er, dass Lachse genau so aussehen würden und dass man ihren glänzenden, glatten Kopf mit den dunklen Punkten nie mehr vergesse, wenn man ihn einmal gesehen habe.

Lateinisches Wörterbuch

Lachs - salmo
Barsch - perca
Aal - anguilla
Wels - silurus
Hecht - lucius

Nach dem Essen wanderten Papa und ich dann weiter an der Mosel entlang bis nach Hatzenport. Papa blieb während des Wanderns dann und wann stehen und sprach mit den Leuten, die in den Gärten an der Mosel arbeiteten oder hinauf in die steilen Weinberge stiegen. Papa macht das oft so: einfach stehen bleiben und die Leute ansprechen. Er grüßt sie, und dann fragt er sie irgendetwas, aber ich weiß genau, dass er sie nicht wirklich fragt, sondern nur so tut, als wisse er etwas nicht. Papa weiß das, wonach er fragt, meist ganz genau, er fragt also nur, um mit den Leuten ein Gespräch zu beginnen. Während eines solchen Gesprächs fangen die Leute oft an, dies und das zu erzählen, manche reden sogar soviel, als wollten sie gar nicht mehr aufhören. Dann sagt Papa irgendwann »Na ja, Schusters Rappen will jetzt wieder bewegt werden«, und damit meint er, dass er weiterziehen und sich verabschieden will.

Papa hat mich schon mehrmals aufgefordert, auch einmal ein Gespräch mit den Leuten anzufangen. Ich traue mich aber nicht, nein, ich kann so etwas nicht, ich würde so etwas niemals tun. Ich weiß nicht, was ich antworten soll, wenn ich etwas gefragt werde, ich gerate dann leicht durcheinander, nein, ich mache so etwas auf gar keinen Fall. Papa hat aber gesagt, dass er es gern sähe, wenn ich mich auch mit den Leuten unterhalten würde, ich habe mir das oft durch den Kopf gehen lassen, aber ich habe noch keine Lösung für das Problem gefunden. Immerhin habe ich heute, als ein Gespräch sehr lange dauerte und ich neben Papa auf das Ende des Gesprächs warten musste, gesagt »Papa, Schusters Rappen will jetzt wieder bewegt werden«, da haben die Leute alle gelacht, und auch Papa hat gelacht, und ich habe das ganze Lachen einfach so anhören müssen. Es war aber nicht böse gemeint, »Das war von den Leuten nicht böse gemeint«, hat auch Papa später gesagt, und ich habe geantwortet, dass mir das Lachen der Leute auch nicht böse vorgekommen sei. Papa hat gemeint, dass man durch die Gespräche mit den Leuten sehr viel über die Gegend erfahre, man müsse allerdings vorher ihr Vertrauen gewinnen und dann sehr geschickt fragen. Ich habe wissen wollen, wie man das Vertrauen der Leute gewinnt und wie man geschickt fragt, und Papa hat versprochen, mir das während unserer Mosel-Wanderung genau zu erklären.

> **Papa fragen**
>
> Wenn Papa gerade an etwas anderes denkt, sagt er, er werde mir etwas später erklären.
> Und wenn Papa etwas müde ist, sagt er das auch.
> Ich werde aufschreiben, was Papa versprochen hat, später zu erklären.

Diesmal hätte er mir alles ja auch gleich erklären können, doch wir kamen gerade in Hatzenport an, und in Hatzenport standen vor dem Winzerhaus viele Männer und unterhielten sich, und da ging Papa sofort zu ihnen, und im Handumdrehen unterhielt sich Papa mit den Männern. Als er aber sah, dass ich allein herum stand und nicht so recht wusste, was ich tun sollte, fragte er die Männer »Womit könnte der Junge sich denn mal beschäftigen?«, und die Männer antworteten, ich könne doch eine Fahrt mit der Fähre zum anderen Ufer unternehmen, hin und zurück, das dauere etwa eine halbe Stunde. Papa hielt das für einen sehr guten Vorschlag, und so ging er mit mir hinunter zur Fähre, gab mir etwas Geld und sagte, dass ich allein hinüber ans andere Ufer fahren und dann mit der Fähre wieder zurück kommen solle. Ehrlich gesagt, hatte ich Angst, allein mit der Fähre zu fahren, aber ich sagte nichts, und so hielt ich das Geld fest in der rechten Hand und wartete darauf, dass die Fähre anlegte, und ich ging dann auch auf die Fähre, obwohl sie ziemlich stark hin und her schwankte. Papa winkte, und dann legte die Fähre ab, und ich fuhr allein hinüber zum anderen Ufer, Papa aber ging zurück zu den anderen Männern am Winzerhaus.

Auf der Fähre fahren

Auf einer Fähre steht man ganz still, während der Fluss unter einem durchläuft.
Die Menschen, die auf einer Fähre fahren, schauen fast alle zum anderen Ufer.
Der Fährmann trägt eine dunkle Kappe und ist vom vielen Fahren auf dem Fluss und den vielen Sonnenstrahlen ganz braun.

Ich hatte ziemliche Angst und hielt mich an einem Geländer fest, die Fähre ruckelte und fuhr sehr langsam, und ich habe einen Moment die Augen geschlossen und fest gebetet »Lieber Gott, lass mich heil drüben am anderen Ufer ankommen!« Dann habe ich die Augen wieder geöffnet, und vor mir stand der Mann, der einem das Geld für die Fahrt abnimmt, und ich habe ihm etwas Geld gegeben, und er hat mir etwas Geld zurückgegeben. Als wir das hinter uns hatten, hatte ich aber plötzlich kaum noch Angst, ich konnte sogar ganz ruhig auf den Fluss schauen, und so tat ich das auch: Ich schaute auf den Fluss.

Die Farben der Mosel

Die Mosel ist grünblau und grünbraun, an den Rändern aber eher grün.

In der Mitte ist die Mosel wie ein dunkler, stiller Teich, fett
und dunkelgrün und unheimlich.
Die Ufer spiegeln sich in der Mosel, dort zerfließen die Farben
wie Wasserfarben auf meinen Schulbildern.
Ich wäre gern einmal von der Fähre aus in die Mosel gehüpft,
in der Mitte, wo sie voller Wolkenbilder ist.
Ich hätte mich auf dem Rücken ein Stück mit der Mosel treiben lassen und hätte in den Himmel geschaut.

Am anderen Ufer waren viele Häuser zum Kaffeetrinken, ich ging ein wenig an all diesen Häusern vorbei, dann aber ging ich zur Fähre zurück und setzte mich ans Ufer. Ich fand es plötzlich sehr schön, am Ufer zu sitzen und auf die Mosel zu schauen, ich hatte überhaupt keine Angst mehr, nein, ich freute mich auf die Rückfahrt. Als die Fähre dann wieder anlegte, ging ich auch ganz ruhig und sicher an Deck, ich hatte ja bereits für die Rückfahrt bezahlt, deshalb brauchte ich nicht mehr zu bezahlen, sondern konnte mir weiter die Farben der Mosel und ihre bunten Wasserfarbenspiegelbilder anschauen. Die Fähre ruckelte auch nicht mehr so wie während der ersten Fahrt, sie glitt ruhig und still durch das Wasser, und am anderen Ufer stand Papa und winkte, und ich winkte zurück.

Ich war etwas stolz, dass ich es geschafft hatte, allein mit der Fähre zu fahren, aber ich sagte nichts, sondern erzählte Papa nur, wie es drüben, auf dem anderen Ufer, aussah. Papa aber erzählte von seinen Gesprächen mit den Winzern und davon, was er alles über den Weinanbau erfahren hatte, ich habe nicht alles verstanden, aber das war nicht schlimm, denn ich hatte den Kopf sowieso sehr voll von meiner Fahrt mit der Fähre allein hinüber zum anderen Ufer. Wir wanderten dann zusammen weiter nach Moselkern, in Moselkern hatte Papa Bekannte, bei denen wir übernachteten, wir übernachteten also nicht in einem Hotel oder einer Pension, sondern, wie Papa sagte, in einem »Privatquartier«. Das Privatquartier war ein helles, schönes Haus mit einem großen Garten davor, und in diesem Haus wohnte die Familie B., Herr B., Frau B. und ein kleines Kind. Sie begrüßten uns, und dann bekamen wir ein Zimmer mit Blick auf die Mosel, und dann legten wir uns eine halbe Stunde zum Ausruhen aufs Bett.

Das Privatquartier

Ein Privatquartier ist eine richtige Wohnung, in der eine Familie wohnt.
Im Zimmer des Privatquartiers hört man die Familie wohnen, direkt nebenan.
Will man im Privatquartier auf die Toilette, muss man durch den Flur der Wohnung. Dann spricht die Familie, die in der Wohnung wohnt, einen an und sagt einem, wo die Toilette ist. Kommt man von der Toilette zurück, spricht einen die Familie wieder an. Das ist anstrengend.

Papa hatte ausgerechnet, dass wir über zwanzig Kilometer gelaufen waren, das Ausruhen war also in Ordnung. Eigentlich aber ruhe ich mich nicht gerne aus, ausruhen ist langweilig, deshalb ruhte ich mich auch etwas kürzer als Papa aus und schrieb lieber eine Karte an Mama und ging dann noch einmal nach draußen, vor das helle Haus, und schaute mir an, wie die Leute auf ihren Fahrrädern an der Mosel entlang fuhren.

Postkarte 5

Liebe Mama, ich bin heute allein mit einer Fähre von einem Ufer der Mosel zum anderen und wieder zurück gefahren. Anfangs hatte ich etwas Angst, zum Schluß aber hatte ich gar keine Angst mehr. Das Fahren mit der Fähre geht leider sehr schnell, am liebsten würde ich immer wieder hin und zurück fahren, bis ich es leid wäre. Das würde dann aber wohl ein paar Stunden dauern. Eine gute Nacht wünscht Dir Dein Bub

Ich saß dann draußen vor unserem »Privatquartier« auf einem Mäuerchen und schaute auf die Moselwiesen. Die Moselwiesen gibt es in fast jedem Ort, den wir bisher durchwandert haben. Sie liegen direkt an der Mosel oder, anders gesagt, zwischen dem Ufer der Mosel und der Moselstraße.

Die Moselwiesen

Die Moselwiesen sind meist gemäht. Manchmal legen sich die Menschen auf die gemähten Wiesen und schauen auf den Fluss. Die Kinder spielen auf den Moselwiesen Fußball oder Federball. Es gibt auf den Wiesen auch kleine Zelte, in denen Erwachsene zusammen mit ihren Kindern schlafen.

Als ich auf dem Mäuerchen saß, näherte sich plötzlich eine graue, dicke Katze mit sehr großen Augen. Sie ging ganz vorsichtig dicht an der Mauer entlang und schaute mich an. Ich habe sie angeredet, da hat sie einen Moment still gehalten, dann aber wieder kehrt gemacht. Nach einer Weile bin ich aufgestanden und in unser »Privatquartier« zurück gegangen, da war die Katze plötzlich wieder da und ist dicht hinter mir her gelaufen. Vor der Tür unseres »Privatquartiers« hat sie mich überholt, und als die Tür von unseren Bekannten geöffnet wurde, ist die Katze vor mir ins Haus hinein geschlichen. Während des Abendessens lag sie dann neben mir auf dem Boden, und als ich nach dem Essen in unser Zimmer ging, folgte sie mir und legte sich dann vor mein Bett und blieb dort liegen, als wären wir Freunde. Ich habe mit ihr geredet, und dann habe ich noch etwas gelesen, und Papa hat sich mit unseren Bekannten noch eine Weile unterhalten. Als ich ins Bett gegangen bin, ist die Katze aus dem Zimmer geschlichen, ganz von allein. Ich bin sofort eingeschlafen, und als Papa später in unser Zimmer kam, habe ich längst tief geschlafen.

Was ich gelesen habe

Ich habe ein paar »Fury«-Geschichten gelesen. Die »Fury«-Geschichten erzählten davon, wie die Rancher Fury gefangen haben und wie der kleine Joey Furys bester Freund wird.

26. Juli 1963

Ich bin viel früher als Papa wach geworden, und da ich nicht länger im Bett liegen wollte, bin ich aufgestanden und leise hinaus auf den Flur geschlichen, um nach der grauen, dicken Katze zu schauen. Ich hatte gehofft, dass ich sie auf dem Flur finden würde, und wahrhaftig lag sie direkt vor unserer Tür, als habe sie nur darauf gewartet, dass ich aufstehen und auf den Flur kommen würde. Ich habe mich zu ihr gesetzt und sie gestreichelt, und dann habe ich eine Weile mit ihr gespielt, bis Papa auch wach geworden und zu uns auf den Flur gekommen ist. Papa hat uns begrüßt, und dann ist er ins Bad gegangen, und nach ihm bin ich auch ins Bad gegangen, die graue, dicke Katze hat aber vor der Tür des Bades wieder auf mich gewartet, als wollte sie immer weiter mit mir spielen.

Die Katze

Die Katze tut immer so, als schaute sie mich nicht an, ich glaube aber, dass sie ganz genau schaut, was ich gerade so tue.
Die Katze schleicht gern an Wänden entlang und reibt sich dabei das Fell.
Die Katze hat sehr viel Zeit, sie wartet und wartet, und wenn sie einem dann nach vielem Warten wieder begegnet, tut sie so, als habe sie lange über etwas nachgedacht.
Die Katze behält alles, worüber sie nachgedacht hat, für sich.

Die Familie B., bei der wir übernachtet haben, verkauft auch Wein, und für diesen Verkauf gibt es eine Probierstube. In der Probierstube hatte Frau B. für uns das Frühstück gedeckt, es gab frische Brötchen und Brot und Marmelade und Schinken und Käse und gekochte Eier, das alles ließen wir uns schmecken. Frau B. sagte, dass die Katze leider draußen bleiben müsse, weil sie in der Probierstube einmal alles durcheinander gebracht habe und auf Musik seltsam reagiere, die Katze möge nämlich nicht jede Musik, und wenn die Musik, die sie nicht möge, im Radio zu hören sei, spiele die Katze manchmal verrückt. Für Papa und mich hat Frau B. aber dann das Radio eingestellt, so dass wir während des Frühstücks Radio hören konnten, es gab Nachrichten und viel Musik, Papa aber mochte überhaupt kein Radio hören und verzog das Gesicht zu den Radioklängen, und als Frau B. nach draußen ging und uns allein frühstücken ließ, sagte Papa, dass er weder die Nachrichten noch die Musik zum Frühstücken brauche und dass ihm die Leute seltsam vorkämen, die immerzu Radio hörten, den lieben langen Tag lang, ununterbrochen, immerzu Radio.

»Man muss doch nicht immerzu Nachrichten hören«, sagte Papa und schüttelte den Kopf und dann sagte er, dass das dauernde Nachrichtenhören ein richtiger Blödsinn und ein »selten dämlicher Kappes« sei, und dann ging er zum Radio und stellte es so leise, dass man die Nachrichten und die Musik kaum noch hören konnte.

Was Papa gar nicht mag

Papa mag keine Nachrichten aus dem Radio, wohl aber mag er Nachrichten in den Zeitungen.
Papa mag keine Autos, er fährt nur mit dem Zug.
Papa mag keinen Rosenkohl, weil es während seines Studiums in Bonn fast jeden Tag Rosenkohl gab.
Papa mag Katzen anscheinend nicht sehr, jedenfalls spricht er nicht mit der grauen, dicken Katze und berührt sie auch nicht.
Papa mag aber Hunde, Kühe, Schafe und Pferde, am meisten mag Papa Pferde, danach kommen die Kühe, die mag er auch.

Nach dem Frühstück sind Papa und ich dann zu unserer Wanderung aufgebrochen, wir sind aber diesmal nicht an der Mosel, sondern an der Eltz entlang gewandert. Die Eltz ist ein Bach, der in die Mosel mündet, sie fließt durch das Eltztal, und im Eltztal gibt es auch eine große Burg, die Burg Eltz, die wir uns unbedingt anschauen wollten. Im Eltztal war es sehr schattig und kühl und sehr still, nur der Bach war die ganze Zeit zu hören, und zwischen den Tannen gab es etwas Nebel, und es war etwas unheimlich.

Ich habe Papa gefragt, wie er es anstelle, sich mit den Menschen zu unterhalten, da hat Papa mir erklärt, dass ich auf die Menschen zugehen müsse, richtig zugehen, ganz nahe an sie heran. Man müsse sie freundlich grüßen, und man müsse langsam, deutlich und laut sprechen, und dann müsse man sie etwas fragen, irgendetwas, was, das sei völlig egal. Man könne sie nach dem Weg fragen oder nach der Uhrzeit oder nach dem nächsten Gasthof, und wenn sie geantwortet hätten, müsse man sie loben oder nachfragen, am besten sei es aber, sie zunächst einmal zu loben. »Sie wissen aber gut Bescheid«, sei zum Beispiel ein kurzes, schlichtes Lob, und nach einem solchen Lob könne man dann nachfragen: »Sie wohnen wohl schon eine Ewigkeit hier?« Über das Lob finde man Zugang zu den Menschen, denn fast alle Menschen wünschten sich nichts mehr, als gelobt zu werden, und es gehe ihnen das Herz auf, wenn sie gelobt würden. Die meisten Menschen würden nämlich nur selten gelobt, und viele Menschen würden sogar überhaupt nie gelobt, deshalb sei ein Lob immer etwas Besonderes und Schönes, mit denen man vielen Menschen eine Freude bereite. Ich sagte Papa, dass ich nicht wisse, wie ich die Menschen loben solle, und da antwortete Papa, dass wir das Loben bei passender Gelegenheit einmal üben und uns dann ausdenken würden, mit welchen Worten genau ich die Menschen loben und in ein Gespräch verwickeln könne.

An Mama denken

Mama verwickelt die Menschen nicht in ein Gespräch, Mama erzählt ihnen etwas.
Mama kann sehr gut erzählen, die meisten Menschen hören ihr mit offenem Mund zu.

Mama fragt die Menschen nicht, aber sie überlegt viel, was die Menschen so denken.
Nach dem Überlegen schreibt Mama lange Briefe.

Endlich erreichten wir nach einer langen Waldwanderung durch das kühle und neblige Eltztal dann auch wirklich die Burg Eltz. Ihr Eingangstor war weit geöffnet, wir gingen hindurch, und dann standen wir in einem schattigen Innenhof, in dem viele mächtige Steinkugeln lagen. Ich kletterte ein wenig auf den Kugeln herum, und es waren noch andere Kinder da, die auch auf den Kugeln herum kletterten. Dann aber klingelte eine Glocke und rief zur Führung, und Papa und ich gingen mit einer Gruppe von Menschen durch die Burg, die von einem Burgführer geführt wurde. Der Burgführer sagte laufend »Vorsicht!« und »Bitte passen Sie auf!«, und er sagte auch laufend, dass man nichts berühren und sich nicht gegen die Wände lehnen dürfe. Wir mussten sehr aufpassen, dass wir nichts falsch machten, also nichts berührten und uns auch nicht anlehnten, das war etwas anstrengend, noch viel anstrengender aber war es, den Worten des Burgführers zuzuhören und dabei still auf einer Stelle stehen zu bleiben. Der Burgführer machte nämlich in jedem Raum und jedem Saal, den wir betraten, sehr viele Worte, er redete und redete und erklärte viel, ich verstand aber nicht alles, und mit der Zeit wurde ich auch immer müder, und es fiel mir sehr schwer, auf der Stelle zu stehen und all den vielen Worten des Burgführers zu lauschen.

Was ich von den Worten des Burgführers verstanden habe

Die Burg Eltz gehörte und gehört noch immer der Familie von Eltz. Sie ist niemals richtig zerstört worden und sieht daher heute wie eine Musterburg aus. Viele Familienmitglieder der Familie von Eltz haben in vielen Jahrhunderten an ihr gebaut, die einen ein Türmchen, die anderen ein Eckchen, und wieder andere ein Treppchen. Im Schlafgemach der Burg Eltz steht ein hohes Bett mit einem roten Baldachin. Über der Tür des Rittersaales prangt eine Schweigerose, die jeden, der diesen Saal betrat, daran erinnern sollte, dass alles, was in diesem Saal gesprochen wurde, geheim bleiben müsse. Außerdem gibt es in der Burg Eltz viele eiserne Rüstungen und alte Waffen.

Die Führung durch Burg Eltz dauerte sehr lange, und als Papa und ich wieder im Innenhof standen, war ich von der langen Führung so müde, dass ich mich ganz schwach und erschöpft fühlte. Ich sagte Papa, dass ich von der Führung etwas erschöpft sei, und da antwortete Papa, dass die Führung wirklich sehr langatmig und auch etwas langweilig gewesen sei. Die meisten Führungen durch Burgen und Museen seien übrigens sehr langatmig und langweilig, er verstehe auch nicht, warum das so sei, schließlich sei es doch ganz einfach, eine solche Führung auch interessant und lebendig zu gestalten. Dann aber sagte er, dass wir jetzt etwas Kühles trinken und auf dem Rückweg ein Stück des Weges mit nackten Füßen durch das Wasser des Eltzbaches wandern würden, das werde uns auf andere, frische Gedanken bringen, und wenn wir dann erfrischt seien, werde er mir noch einmal kurz und knapp etwas über Burgen und

Ritter und die Burg Eltz erzählen, und zwar so, dass ich gut zuhören und alles verstehen könne.

Wir haben dann eine große Flasche Sprudel und eine »Sinalco« getrunken, und Papa hat einige Äpfel und Birnen aus seinem Rucksack ausgepackt, die ihm Frau B. am Morgen für unsere Wanderung zur Burg Eltz mitgegeben hatte. Als wir das alles getrunken und gegessen hatten, ging es mir wieder besser, und ich hatte sogar wieder Lust, auf den großen Steinkugeln im Innenhof der Burg noch ein wenig zu klettern. Papa ließ mir dazu aber nur wenig Zeit, denn wir gingen, nachdem wir Burg Eltz verlassen hatten, rasch noch ein Stück in die Höhe, wo wir plötzlich auf die Ruine einer anderen Burg stießen. Papa sagte, dass diese Ruine der Rest einer alten Trutzburg sei, und als ich ihn fragte, was das Wort »Trutzburg« bedeute, erzählte er mir eine Geschichte.

Die Geschichte der Trutzburg

Vor vielen hundert Jahren hat der Herrscher von Trier die Ritter von Eltz angegriffen und die Burg Eltz zu erobern versucht. Das aber gelang ihm lange Zeit nicht, und so lag er mit seinen Soldaten in den Wäldern rund um die Burg und wartete auf Nachschub. Da er sehr ungeduldig geworden war, kletterte er auch in die Höhe, weil er das ganze Land überblicken und sehen wollte, ob der Nachschub wohl endlich käme. In der Höhe entdeckte er aber einen großen Felsen, von dem aus er auf die Burg Eltz herab blicken und sie mit Steinen und anderen Waffen beschießen konnte. Da beschloss er, auf dieser Höhe rasch eine Trutzburg zu bauen, um von dieser

> Trutzburg aus die Burg Eltz anzugreifen. Als die Bewohner der Burg Eltz das bemerkten, verließ sie der Mut, und sie begannen, wehmütig zu klagen. Da jedoch entschloss sich die schöne Tochter des Herrn zu Eltz, den Herrscher von Trier umzustimmen. Sie stieg hinauf zu der Trutzburg und bat den Herrscher von Trier, die Burg Eltz nicht anzugreifen. Der Herrscher von Trier ließ sich auch wahrhaftig erweichen, er ließ von seinem Vorhaben ab und schenkte dem Ritter von Eltz sogar noch die Trutzburg, weil er einen so mächtigen Ritter als Freund behalten wollte.

Ich fragte Papa, ob die Geschichte von der Trutzburg eine wahre Geschichte sei oder ob er sich diese Geschichte nur ausgedacht habe, und Papa sagte, dass es eine ziemlich wahre Geschichte sei. Die reine Wahrheit der Geschichte aber sei, dass der Herrscher von Trier die Burg Eltz mit genau jenen Steinkugeln von der Trutzburg aus beschossen habe, auf denen ich eben herum geklettert sei. Nach dem Beschuss habe sich der Herrscher von Trier mit dem Ritter von Eltz geeinigt und Frieden geschlossen, es sei aber nicht genau zu ermitteln, wie es zu diesem Frieden gekommen sei. Die schöne Tochter des Ritters von Eltz habe dabei wahrscheinlich keine Rolle gespielt, doch das alles liege so sehr im Dunkeln, dass es kein Mensch genau wissen könne. Wenn aber etwas derart im Dunkeln liege, könne man aus dem Dunkeln auch eine Geschichte machen, die an den Bau der Trutzburg und den damals geschlossenen Frieden erinnere. Diese Geschichte sei dann zwar nicht zu beweisen, aber eben auch nicht von vornherein falsch oder erlogen. Es sei einfach eine ziemlich wahre Geschichte.

Was Papa nicht mag

Papa mag Geschichten, die ganz erfunden sind, nicht besonders. Papa fragt oft, was denn an einer Geschichte wahr sei. Und das, was an ihr wahr ist, das will er dann ganz genau wissen.

Wir kletterten dann von der Höhe der Trutzburg wieder hinab ins Eltztal, und ich sagte Papa, dass ich nicht auf den Steinkugeln im Innenhof der Burg Eltz herum geturnt wäre, wenn ich gewusst hätte, dass der Herrscher von Trier sie auf die Burg Eltz herab geschossen hat. Papa aber sagte, dass das Herumklettern ganz in Ordnung gewesen sei, denn gerade wegen des Herumkletterns würde ich die Burg Eltz und die Geschichte von der Trutzburg nie mehr vergessen. Das meiste von dem, was der Burgführer gesagt habe, werde ich vergessen, die Geschichte von der Trutzburg aber nicht, und zwar deshalb nicht, weil ich eben auf den Steinkugeln herum geklettert sei und weil das Herumklettern mich für immer an die Geschichte der Trutzburg erinnere. Ich antwortete Papa darauf aber nicht, denn ich bin mir nicht sicher, ob ich mich wirklich für immer an die Geschichte der Trutzburg erinnere, Papa aber war sich anscheinend sehr sicher, denn er wiederholte dann noch einmal, dass die Geschichte von der Trutzburg für mich eine sogenannte bleibende Erinnerung sein werde. Bleibende Erinnerungen, sagte er auch noch, seien besonders wertvolle Erinnerungen, es sei aber gar nicht so einfach, solche bleibenden Erinnerungen zu bekommen und zu behalten, die meisten Erinnerungen gingen vielmehr recht bald verloren und zurück bleibe im Kopf dann nichts als »kahle Platte, rein gar nichts, null«.

Papa redet anders als sonst

Manchmal redet Papa etwas anders als sonst. Dann sagt er zum Beispiel, dass etwas genau so ist und nicht anders. Oder er sagt »fertig ab!«, womit er ebenfalls meint, dass etwas so ist und nicht anders.
Papa redet, wenn er anders redet als sonst, viel lauter als sonst. Mama redet ihn dann oft mit dem Vornamen an und sagt: »Josef! Ich bitte Dich!«
Papa aber lässt sich nicht beirren und sagt meistens noch einmal: »Fertig ab!«

Ich fand die Vorstellung, dass in unseren Köpfen von den meisten Erinnerungen »rein gar nichts, null, kahle Platte« übrig bleibe, sehr schlimm, und ich war so erschrocken, dass ich gar nichts mehr sagte und statt dessen richtig schwieg und darüber nachzudenken versuchte, wie ich möglichst viele bleibende Erinnerungen sammeln und aufheben könnte.

Bleibende Erinnerungen

Ich habe mir vorgenommen, die bleibenden Erinnerungen, die ich habe, einmal zu sammeln und aufzuschreiben.
Der Kölner Dom ist eine bleibende Erinnerung.
Unsere Kölner Wohnung ist eine bleibende Erinnerung.
Opas Kautabak ist eine bleibende Erinnerung.
Der Kartoffelpuffer von Tante G. ist eine bleibende Erinnerung.
Ich glaube, ich habe schon sehr viele bleibende Erinnerungen, mehr jedenfalls, als ich anfangs dachte, als Papa von diesen Erinnerungen sprach.

Ich hatte nur wenig Zeit, über bleibende Erinnerungen nachzudenken, denn wir erreichten im Eltztal wieder den Eltzbach und stießen schließlich auf ein kleines Wehr, wo wir Schuhe und Strümpfe auszogen und mitten im kalten Eltzbach nach Fischen Ausschau hielten. Papa erzählte mir, wie er früher an der Nister Fische mit der bloßen Hand gefangen habe, und ich fragte ihn, ob wir auch hier, im Eltzbach, Fische mit der bloßen Hand fangen könnten. Papa aber antwortete, nein, das sei nicht gut möglich, weil die Fische im Eltzbach zu klein und zu flink seien, vielleicht sei es aber möglich, einige Krebse zu fangen. Wir suchten dann auch eine Weile nach solchen Krebsen und drehten alle möglichen Steine um, weil sich Krebse gern unter Steinen verstecken, wir fanden aber keine Krebse. Eigentlich war ich auch froh, dass wir gar keine Krebse fanden, denn Papa hatte gesagt, dass er die Krebse mitnehmen wolle, damit man sie am Abend in der Küche der Familie B. gut zubereiten und essen könne. Ich sagte Papa aber nicht, dass ich Krebse nicht gerne essen würde, nein, ich brauchte ihm das ja überhaupt nicht zu sagen, weil wir gar keine Krebse entdeckten und so am Abend etwas ganz anderes essen würden.

Ich bin ziemlich lange mit nackten Füßen durch den Eltzbach gegangen, Papa aber hat sich nach einer Weile an das Ufer gesetzt und das kleine Wehr gezeichnet. Dann haben wir noch etwas Obst gegessen, und ich habe eine Postkarte mit einem Foto von der Burg Eltz an Mama geschrieben.

Postkarte 6

Liebe Mama, heute haben wir die Burg Eltz besichtigt. Die Burg Eltz ist eine Musterburg, und das bedeutet, dass sie bewohnt ist und man sich nirgends anlehnen darf und auch nichts berühren. Der Burgführer sagte in jedem Burgraum sehr viel, und am Ende der Führung wäre ich fast umgekippt, weil ich von den vielen Worten sehr müde geworden war. Es war aber trotzdem sehr schön und auch ein bißchen lehrreich.
Herzliche Grüße von Deinem Bub

Schließlich gingen Papa und ich dann zurück nach Moselkern, wo wir am frühen Abend eintrafen. Noch auf dem Rückweg sagte Papa, dass er am Abend mit Herrn B. eine Weinprobe in der Probierstube der Familie B. machen wolle. Eine solche Weinprobe sei für mich aber langweilig, deshalb habe er mit Herrn B. überlegt, was ich am Abend statt einer Weinprobe tun könne. Herr B. habe den Vorschlag gemacht, dass ich mit einem Neffen von Herrn B., der fast genau so alt sei wie ich, Fußball auf den Moselwiesen spielen solle. Wenn ich also Lust habe, mit diesem Neffen Fußball zu spielen, dann könne ich das nach dem Abendessen tun. Er aber werde mit Herrn B. Wein probieren und dabei viel Neues über den Wein an der Mosel erfahren.

Fußball

Ich hatte das Fußballspielen fast vergessen, dabei habe ich in den letzten Wochen in Köln doch fast jeden Tag Fußball gespielt.
Der Fußball ist auch eine bleibende Erinnerung, obwohl ich ihn jetzt einmal für ein paar Tage vergessen habe.

Viele Fußballspieler sind eine bleibende Erinnerung, vor allem die Torhüter und die lustigen Fußballspieler.

Ich fand die Idee, mit einem anderen Jungen auf den Moselwiesen Fußball zu spielen, sehr gut, und ich sagte das, und ich sagte noch, dass ich mich richtig auf das Fußballspielen freue, weil ich jetzt schon eine ganze Weile nicht mehr Fußball gespielt habe.

Als wir vor dem Haus der Familie B. in Moselkern ankamen, stand der Neffe von Herrn B. schon vor der Tür und spielte mit einem Ball. Wir begrüßten uns, und ich erfuhr, dass der Neffe von Herrn B. Michael heißt. Ich bin mit Michael dann sofort auf die Moselwiesen gegangen, und Michael hat zwei Äste als Torpfosten auf die Moselwiesen gelegt, und dann ist er ins Tor gegangen, und ich habe den Ball auf sein Tor geschossen. Michael hat sich bei fast jedem Schuss ins Gras geworfen und so gewälzt, als wäre es schwer, den Ball zu bekommen, eigentlich war es aber überhaupt nicht schwer, er hätte sich also gar nicht werfen und wälzen müssen. Als wir dann eine Pause machten, sagte er, dass er Torwart in einer Jugendmannschaft sei und jeden Tag trainiere, und als ich ihn fragte, mit wem er denn jeden Tag trainiere, sagte er, dass er meist allein trainiere und dass er ein Buch habe, in dem genau drin stehe, wie man als Torwart allein trainiere. Ich fragte ihn, ob er mir auch beibringen könne, wie man als Torwart allein trainiere, aber er sagte, das wäre Blödsinn, weil ich ja jetzt nicht allein und auch kein richtiger Torwart sei. Ich fragte ihn weiter, warum ich denn kein richtiger Torwart sei, und

Michael antwortete, ich wäre nicht wendig und ballhungrig genug, ein richtiger Torwart sei nämlich sehr wendig und unglaublich ballhungrig. Ich wollte darauf eigentlich etwas entgegnen und Michael sagen, dass ich vielleicht noch nicht wendig, wohl aber sehr ballhungrig sei, da erinnerte ich mich aber daran, was Papa mir während unserer Wanderung zur Burg Eltz gesagt hatte: dass man die Menschen ordentlich loben müsse und dass sie sich über das Loben freuen würden. Ich dachte also, dass jetzt endlich einmal eine Gelegenheit da sei, einen Menschen zu loben, deshalb entgegnete ich nichts, sondern sagte zu Michael, dass er wirklich ein sehr wendiger Torwart und richtig ballhungrig sei und dass ich einen so guten, jungen Torwart wie ihn noch nie gesehen habe. Michael schaute mich an, und ich merkte, dass er erstaunt war, und dann fragte er mich »Meinst Du das im Ernst?«, und ich sagte »Natürlich meine ich das im Ernst, wie soll ich es denn sonst meinen?« Da sprang Michael auf und pfiff etwas vor sich hin und warf den Ball auf den Boden und hechtete hinter ihm her und wälzte sich im Gras, als wäre er der wendigste und ballhungrigste Torwart der ganzen Welt.

Danach stellte ich mich ins Tor, und ich muss sagen, dass Michael recht hatte, denn ich war im Vergleich mit Michael ein sehr schlechter Torwart. Manche Bälle flogen mir sogar durch die Beine, und andere flogen ganz dicht an mir vorbei ins Tor, so dass ich sie leicht hätte halten können, ich hielt sie aber einfach nicht, ich weiß auch nicht, woran das lag. Ich sagte Michael dann, dass ich keine Lust hätte, weiter im Tor zu stehen, weil ich ein so schlechter Torwart sei, und da sagte Michael, ich solle nicht traurig sein, denn er sei auch früher ein schlechter Torwart gewesen, jetzt aber sei das anders, weil er so viel trainiert habe.

Fußball trainieren

Bisher habe ich immer nur Fußball gespielt, aber nicht Fußball trainiert.
Ich mag keinen Fußball trainieren, ich möchte ihn nur weiter spielen.
Ich mag auch nicht das Schnelllaufen trainieren oder das Rückwärtslaufen oder das Querlaufen.
Ich möchte einfach nur Fusßball spielen, und das am liebsten im Mittelfeld.

Wir haben dann noch eine Weile weiter Fußball gespielt, ich habe die Bälle aufs Tor geschossen, und Michael hat sich geworfen und gewälzt, und dann haben wir Eckbälle und Freistöße geschossen, und am Ende haben wir etwas gedribbelt. »Du bist zwar kein guter Torwart, aber Du bist ein ganz ordentlicher Dribbler«, hat Michael am Ende gesagt, und dann haben wir uns ausgeruht und über die Fußball-Mannschaften gesprochen, die wir gut finden. Ich habe vom Kölner FC gesprochen und davon, dass der FC in der nächsten Saison in der neuen Bundesliga spielen wird, und Michael hat von der Eintracht aus Trier gesprochen, für die er irgendwann einmal als Torwart spielen will. So haben wir gesprochen, bis es dunkel wurde, und wir haben uns wirklich sehr gut verstanden. Dann sind wir zur Wohnung der Familie B. zurück gegangen, und Michael hat sich von mir verabschiedet und mir alles Gute gewünscht.

Postkarte 7

Liebe Mama, ich habe gerade bei der Familie B. in Moselkern zu Abend gegessen, es war sehr gut. Papa hat vorher eine Weinprobe gemacht, und ich habe vorher mit einem netten Jungen Fußball gespielt. Leider bin ich als Torwart anscheinend nicht wendig und ballhungrig genug, aber das macht nichts, ich bin nämlich ein recht guter Dribbler. Ich denke viel an Dich. Ich wünsche Dir eine gute Nacht Dein Bub

Nach dem Abendessen war es sehr spät, und so sind Papa und ich dann schlafen gegangen. Papa sagte noch, dass die Weinprobe »famos« gewesen sei und dass Herr B. ihm ein dickes Buch über den Wein geschenkt habe, in dem die besten deutschen Weine beschrieben würden. Wenn Papa sagt, etwas sei »famos« gewesen, dann fand er etwas wirklich gut und meistens sogar noch etwas besser als gut. Ich konnte auch sehen, dass ihm der Wein »famos« geschmeckt hatte, denn Papa hatte einen roten Kopf und sehr rote Ohren und seine Stirn glänzte und außerdem sprach er viel mehr als sonst, lauter lustige Dinge. Als wir in unseren Betten lagen, sprach er noch immer, und zwar nannte er lauter Namen von Moselweinen und sagte »Piesporter Goldtröpfchen«, »Erdener Treppchen«, »Brauneberger Juffer«, und dann lachte und lachte er, als habe er lauter lustige Witze gemacht. Ich hörte ihn dann aber nicht mehr weiter, denn ich war furchtbar müde, und so schlief ich ein und bekam gar nicht mehr mit, wie auch Papa einschlief.

27. Juli 1963

Am nächsten Morgen überraschte mich Papa mit der Nachricht, dass wir das nächste, kleine Stück unserer Reise nicht zu Fuß, sondern mit dem Schiff zurücklegen würden. Ich freute mich sehr und war etwas aufgeregt und wäre am liebsten gleich an die Mosel gelaufen, um dort auf das Schiff zu warten. Das aber ging nicht, denn wir mussten natürlich zuerst frühstücken, und so frühstückten Papa und ich ein zweites Mal in der Probierstube der Familie B. Dabei zeigte mir Papa auch das dicke Buch über die deutschen Weine, das Herr B. ihm geschenkt hatte, und dann sagte er, dass er bei Herrn B. einige besonders gute Weine bestellt habe und dass diese Weine von Herrn B. zu uns nach Hause geschickt würden.

Das dicke Buch über die deutschen Weine

Das dicke Buch über die deutschen Weine steckt in einem grauen Karton, den man Schuber nennt.
Wenn man das dicke Buch lesen will, muss man es aus dem Schuber ziehen.
Das dicke Buch über die deutschen Weine hat ein glänzendes, glattes Papier und viele bunte Fotos.
Die meisten Fotos zeigen dicke, runde Weintrauben. Viele Trauben sind etwas nass. Gleichzeitig scheint aber auf fast allen Fotos die Sonne.

Als wir fertig gefrühstückt hatten, kam Herr B. auch noch einmal zu uns und ging mit Papa die Liste der Weine durch, die Papa bestellt hatte, es waren viermal sechs Weine, also vier verschiedene Weine, jeweils sechs Mal, also vierundzwanzig Flaschen. Wir blätterten dann alle zusammen noch ein wenig in dem dicken Buch, und dann holte Herr B. plötzlich noch ein zweites, dünneres Buch hervor, das er mir schenkte. Das Buch hieß »Der Knabe im Brunnen«, und es war ein Buch, das genau derselbe Schriftsteller geschrieben hatte, der auch das dicke Buch über die deutschen Weine geschrieben hatte. Der Schriftsteller hieß Stefan Andres, und Herr B. sagte, dass der Schriftsteller Stefan Andres ein sehr guter Schriftsteller sei, der an der Mosel groß geworden sei. In dem Buch »Der Knabe im Brunnen« hat Stefan Andres seine Kindheit an der Mosel beschrieben, also wo er gelebt, mit wem er gespielt hat, mit welchen Menschen er zusammen gewesen ist, all das. Herr B. sagte, dass mir das Buch »Der Knabe im Brunnen« vielleicht Spaß machen könne, jedenfalls hoffe er das, schließlich handle es ja von einem Buben in meinem Alter, der an der Mosel aufwachse. Ich bedankte mich sehr und sagte Herrn B., dass ich mich über das Buch freue und dass ich es lesen werde, wenn ich die »Fury«-Geschichten ausgelesen habe. Herr B. wusste nicht, was »Fury«-Geschichten waren, da erklärte ich es ihm und sagte ihm, dass Fury ein wunderbarer schwarzer und wilder Hengst sei und dass die Geschichten von ihm und dem kleinen Joey handelten, der Furys bester Freund sei.

Wir packten dann unsere Sachen zusammen und verabschiedeten uns von der Familie B., leider bekam ich die graue, dicke Katze nicht mehr zu sehen, sie war einfach nicht mehr da. Frau B. sagte, dass Katzen sehr »eigene« Tiere seien und dass man nie wisse, was ihnen so durch den Kopf gehe. Manchmal bliebe die graue Katze den ganzen Tag nur im Haus und rühre sich kaum von der Stelle, manchmal sei sie aber auch für ein paar Tage verschwunden, und niemand wisse hinterher, wo sie gewesen sei. Herr B. begleitete uns noch zur Schiffsanlegestelle. Wir mussten etwa eine Viertelstunde warten, dann aber kam das weiße Schiff auch schon angefahren, und wir bestiegen das Schiff und gingen an Deck. Die Sonne schien, es war sehr gutes Wetter, daher konnten wir die ganze Schifffahrt oben auf dem offenen Deck sitzen bleiben.

Postkarte 8

Liebe Mama, stell Dir vor: Ich sitze auf einem Schiff und fahre mit Papa auf der Mosel entlang! Es ist sehr schade, dass Du nicht bei uns bist. Manchmal überlege ich, was Du wohl gerade machst. Oft weiß ich ganz genau, was Du machst, nur abends weiß ich es manchmal nicht so genau, weil wir abends ja oft alle zusammen spazieren gehen. Gehst Du jetzt allein spazieren? Herzliche Grüße von Deinem Bub

Wir fuhren dann eine Weile mit dem weißen Schiff, rechts und links der Mosel waren überall Weinberge, und die Weinberge gingen bis hinauf zu den Höhen der Hügel, wo dann die Wälder begannen. Manche Weinberge waren sehr steil, und die Erde der Weinberge war braun und grau und ganz kahl. Papa holte sein Fernglas heraus, und mit dem Fernglas schauten wir uns alles genauer an, was an den Ufern alles zu sehen war. Dann aber erreichten wir den Ort Müden, und Papa sagte, dass nun etwas ganz Besonderes geschehe, unser Schiff fahre nämlich bei Müden durch eine Schleuse, und so eine Schleuse sei etwas Besonderes. Er wollte mir aber nicht erklären, was das Besondere sei, sondern er sagte, dass ich mir in Ruhe anschauen solle, was mit dem Schiff in der Schleuse passiere, dann werde ich von alleine verstehen, was das Besondere an einer Schleuse sei.

Technik

Mama sagt manchmal zu anderen Leuten, dass Papa ein Techniker sei. Damit meint Mama, dass Papa sehr viel von Technik versteht. Papa weiß nämlich oft, wie etwas genau geht, also wie ein Auto oder wie ein Flugzeug oder wie irgendeine Maschine geht. Ich weiß so etwas nicht, und wenn man es mir erklärt, kann ich es nicht behalten. Ich bin also überhaupt kein Techniker, nein, das bin ich wirklich nicht. Fertig ab!

Wir gingen auf dem Deck ganz nach vorne, in die erste Reihe, und da sahen wir, wie unser Schiff in eine enge, dunkle Kammer hinein fuhr. In der Kammer wurde unser Schiff angebunden. Die Wände der Kammer waren feucht und nass und voll von grünem Schlick und Schlamm. Es war etwas unheimlich, denn unser Schiff bewegte sich nicht mehr, so dass wir da saßen wie Gefangene, die in der dunklen Kammer feststeckten. Es wurde auch still, die Fahrgäste redeten kaum noch etwas, alle standen auf dem offenen Deck und schauten an den feuchten Wänden hinauf. Dann aber sprudelte plötzlich Wasser in die Kammer, erst wenig, dann aber wurde es immer mehr. Das Wasser rauschte und rauschte und schoss in die Kammer, und unser Schiff stieg langsam nach oben, immer höher. Als es weit oben angekommen war, verschwand die vordere Tür der Kammer im Wasser, und wir konnten jetzt wieder weit über die Mosel schauen, denn in der Kammer hatten wir die Mosel gar nicht mehr gesehen. Unser Schiff fuhr also wieder hinaus aus der Kammer und in die Freiheit, und es fuhr jetzt viel höher als vorher, denn in der Kammer war unser Schiff ja hoch in die Höhe gehoben worden.

Papa fragte mich, ob ich nun verstehe, was das Besondere an einer Schleuse sei, und ich sagte »ja«, das Besondere sei die dunkle Kammer und wie unser Schiff in der Kammer in die Höhe gehoben werde. Papa fand das ganz richtig, aber dann zeichnete er rasch noch eine Schleuse mit ihrer Kammer auf ein Stück Papier und erklärte mir noch einmal genauer, was gerade passiert war. Ich habe es dann auch ganz genau verstanden, und ich habe Papa gesagt, dass diese Schleuse für mich ganz bestimmt eine bleibende Erinnerung und nicht etwa eine Erinnerung sein werde, die man sofort wieder vergisst.

(Bleibende Erinnerungen)

(Inzwischen ist mir aufgefallen, dass technische Sachen für mich leider keine bleibenden Erinnerungen sind. Ich kann technische Sachen einfach nicht im Kopf behalten. Mama sagt, das mache nichts, Papa aber sagt, dass ein Junge so etwas unbedingt wissen müsse.)

Wir sind dann in Karden ausgestiegen und haben uns von Karden nach Cochem zu Fuß auf den Weg gemacht. Bevor wir jedoch losgingen, haben wir uns in Karden noch eine große Kirche angesehen. Die Kirche heißt Sankt Castor-Kirche, und es ist wirklich eine sehr schöne Kirche mit vielen Besonderheiten und Heiligtümern darin. Papa sagte, dass auf den Hügeln um Karden herum vor Jahrtausenden einmal der Stamm der Kelten gewohnt und dort die ersten Heiligtümer errichtet habe. Danach seien die Römer an die Mosel gekommen und hätten ihre eigenen Heiligtümer neben denen der Kelten aufgestellt. Die Römer hätten dann auch bereits überall an der Mosel Wein angebaut, so dass der römische Schriftsteller Ausonius, den ich ja bereits von seinen Fisch-Erzählungen her kennen würde, das Moselland als großes Weinland beschrieben habe. Zur Zeit des Ausonius sei das Moselland dann aber auch christlich geworden, und der heilige Castor sei einer der ersten Missionare gewesen, der das Christentum an die Mosel gebracht habe. Zusammen mit seinen Freunden habe er in Karden ein christliches Zentrum gegründet.

Papa hat mir dann den kleinen Sarg gezeigt, in dem die Knochen des heiligen Castor liegen. Der Sarg war aus Holz mit etwas Gold, und er stand in einer dunklen Nische, in der lauter Kerzenlichter brannten. Ich habe dann auch ein Kerzenlicht entzündet, und ich habe beim Beten an Mama gedacht und dafür gebetet, dass sie gesund bleibt und dass es ihr weiter gut geht. Außerdem aber habe ich auch noch dafür gebetet, dass unsere Reise entlang der Mosel gut zu Ende geht und uns nichts passiert.

Der Sarg des heiligen Castor

Der Sarg des heiligen Castor ist sehr klein. Er wird Schrein genannt. In dem Schrein liegen die Überbleibsel des heiligen Castor. Außen auf dem Schrein sind viele Figuren: Jesus, Maria, Petrus, die zwölf Apostel und der heilige Castor selbst.

Wir haben uns dann noch einen Altar mit Maria und dem Jesuskind und den Heiligen Drei Königen angesehen, und dann haben wir uns auch noch ein großes Bild angesehen, auf dem der Herr Jesus am Kreuz hing. Unter ihm standen einige Heilige, aus dem Kreuz aber wuchsen nach beiden Seiten viele Reben mit Blättern daran. In den Reben standen oder saßen wiederum einige Heilige, so dass das Kreuz aussah wie ein Weinstock, an dem an Stelle der Trauben die Heiligen hingen.

Papa hatte sich in der Kirche einen kleinen Führer gekauft, und mit dem Führer in der Hand ging er dann die ganze Kirche ab. Ich hatte nicht so richtige Lust, mit ihm die ganze Kirche abzugehen, deshalb fragte ich Papa, ob ich nach draußen auf den Platz vor der Kirche gehen und dort etwas spielen dürfe. Papa sagte »ja, mach das!«, und ich ging dann nach draußen und dribbelte ein wenig auf dem Platz vor der Kirche herum.

Dribbeln

Papa und ich – wir mögen beide das Dribbeln und die Dribbler. Als wir uns neulich ein Spiel des FC angeschaut haben, hat Papa immer wieder vom Dribbeln gesprochen. »Das Dribbeln ist doch das Schwerste und Schönste am Fußball«, hat Papa gesagt. Und nach dem Spiel hat er ganz kurz gedribbelt, mit einer Blechbüchse.

Es dauerte ziemlich lange, bis Papa wieder aus der Kirche heraus kam, denn es ist so, dass Papa sich die Heiligtümer in den Kirchen und all die anderen Sachen, die noch in einer Kirche sind, meist sehr genau und lange anschaut. Viele Sachen schaut er sich mit dem Fernglas an, und einige Sachen zeichnet er dann sogar. Ich würde sehr gerne so gut zeichnen können wie Papa, furchtbar gerne würde ich so etwas können, aber ich kann es leider überhaupt nicht. Nicht einmal irgendein Tier kann ich richtig zeichnen, keinen Hund, keine Katze, ich kann es einfach nicht. Als ich Papa einmal gefragt habe, warum ich nicht zeichnen kann, hat er gesagt, ich solle mir deshalb keine Sorgen machen, das sei nun einmal so, manche Menschen könnten eben zeichnen und andere nicht, dafür hätte ich ja andere Gaben und Fähigkeiten. Ich glaube, dass Papa mit den Gaben und anderen Fähigkeiten, die ich habe, mein Gedächtnis und vielleicht auch das Schreiben meint, Papa hat jedenfalls einmal gesagt, dass ich sehr gut schreiben und erzählen könne und dass nicht einmal er selbst manche Dinge so gut beschreiben könne wie ich. Daneben hat Papa natürlich auch mein Klavier spielen gemeint, obwohl er davon nichts gesagt hat, Klavier spielen kann ich jedenfalls auch schon einigermaßen gut.

Klavier spielen

Klavier spielen ist auch ein wenig wie dribbeln, jedenfalls dann, wenn ich sehr schnell spiele. Die Etüden von Czerny sind dribbeln, und viele Stücke von Chopin sind dribbeln, und zwar sehr schwieriges Dribbeln.
Papa sagt, Klavier spielen werde er niemals können, niemals. Man könne ihn jahrelang an ein Klavier setzen, doch auch dann werde er nicht spielen können. Er habe einfach überhaupt keine Begabung für das Klavier.

Mama spielt Klavier

Mama spielt sehr gut Klavier, aber ohne zu dribbeln.
Mama spielt oft sehr leise, so dass man ganz genau zuhören muss.
Mama kann am Klavier flüstern.
Mama spielt Klavier immer in schönen Kleidern.

Als Papa aus der Kirche kam, habe ich ihm gesagt, dass ich gerne wieder einmal etwas Klavier spielen würde. »Richtig«, hat Papa gesagt, und dann hat er gesagt, dass er eben in der Kirche beim Anblick der Orgel auch daran gedacht habe, dass wir möglichst bald ein Klavier finden müssten, damit ich wieder einmal Klavier spielen könne. Wir sind dann noch in eine Wirtschaft gegenüber der Kirche gegangen und haben etwas getrunken. Es wurde sehr warm und immer wärmer, und Papa hat mich gefragt, ob ich das Wandern entlang der Mosel bei dieser Hitze auch aushalten würde. Ich habe »ja, auf jeden Fall« gesagt, und dann sind wir losgewandert. Schon nach wenigen Metern aber hat Papa mich gefragt, welche Stämme früher an der Mosel gelebt hätten, und ich habe ihm von den Kelten und den Römern und davon erzählt, wie der heilige Castor das Christentum an die Mosel gebracht habe. Papa hat gelacht und dann hat er gesagt, dass er gern mein Gedächtnis haben würde und dass ich froh sein könne, ein solches Gedächtnis zu haben. Da habe ich, um Papa zu überraschen, noch »Piesporter Goldtröpfchen«, »Erdener Treppchen« und »Brauneberger Juffer« gesagt, da hat Papa nicht mehr gelacht, sondern ist stehen geblieben und hat »wie bitte?« gesagt. Und da habe ich ihm erzählt, dass er gestern Abend immerzu diese Namen aufgesagt habe, und Papa hat den Kopf geschüttelt und gesagt, mein Gedächtnis sei einfach unglaublich.

Wir haben dann in einem kleinen Ort mit Namen Klotten zu Mittag gegessen. Papa hat Sauerbraten mit Rosinen und Klößen, und ich habe eine Bratwurst mit Pommes frites und Salat gegessen.

Postkarte 9

Liebe Mama, wir wandern auf Cochem zu, und Papa sagt, dass wir dort in einer Jugendherberge übernachten werden. Ich weiß nicht, was eine Jugendherberge ist und wie sie aussieht, aber ich werde das alles ja heute Abend noch lernen. Heute ist es sehr heiß, und wir schwitzen ordentlich. Papa trägt wegen der Hitze sogar ein Taschentuch auf dem Kopf. Er sieht sehr komisch aus. Herzliche Grüße von Deinem Bub

Danach sind wir weiter und weiter immer an der Mosel entlang gewandert. Manchmal haben uns einige Fahrradfahrer überholt und uns laut gegrüßt, und wir haben dann auch gegrüßt und so getan, als hätten wir sehr gute Laune. Wir hatten auch gute Laune, das schon, aber sehr gut waren wir vielleicht nun doch nicht gelaunt, weil es nämlich so heiß war und weil das ewige Wandern uns anstrengte. Papa sagte auch immer wieder, dass wir noch etwas durchhalten und uns vorstellen sollten, nach unserer Ankunft in Cochem schwimmen zu gehen. Das würden wir nämlich sofort nach unserer Ankunft tun, wir würden schwimmen gehen, richtig und lange schwimmen, und wir würden uns dabei von allen Anstrengungen erholen.

Schwimmen gehen

Es gibt kaum einen Sport, den ich lieber mache als Schwimmen. Ich habe Schwimmen sogar noch lieber als Fußball. Am liebsten würde ich jeden Tag schwimmen, und am allerliebsten hätte ich ein eigenes kleines Schwimmbad, in dem ich jeden Tag so lange schwimmen könnte, wie ich will.

Am späten Nachmittag sind wir dann endlich in Cochem angekommen. Wir haben entdeckt, dass die Jugendherberge nicht in Cochem selbst, sondern gegenüber, auf der anderen Seite der Mosel, lag. Die Jugendherberge war ein heller, neuer Bau, der ganz allein mitten in den Weinbergen stand. Ich war sehr gespannt, wie es in der Jugendherberge aussah. Als wir die große Vorhalle betraten, roch es sehr merkwürdig und stark. Es war schon später Nachmittag, aber es roch so, als würde gerade gekocht. Wir mussten uns anmelden, und Papa musste einen Anmeldeschein mit allen möglichen Angaben über unser Leben ausfüllen. Dann mussten wir auch schon bezahlen, die Übernachtung kostete für Papa eine Mark sechzig und für mich 90 Pfennige, das machte zusammen zwei Mark fünfzig. Zwei Mark fünfzig sind für eine Übernachtung zu zweit wirklich nicht sehr viel Geld, das jedenfalls sagte Papa, und er sagte weiter, dass eine Jugendherberge vielleicht nicht unbedingt das schönste, wohl aber das billigste Quartier sei und dass wir ruhig einmal einen Tag etwas sparen könnten. Ich fand es auch gut, einmal etwas zu sparen, obwohl es in der Jugendherberge sehr warm war und es sehr stark nach irgendeinem Essen roch und der Herbergsvater (wie man den Mann an der Anmeldestelle nennt) nicht besonders freundlich, sondern etwas ruppig war.

Der Herbergsvater

Der Herbergsvater spricht ziemlich laut und so, als sei er sehr schlecht gelaunt.
Er schimpft viel und klagt, dass er alles selbst machen müsse.

Er behandelt ältere Leute, als wären sie Kinder, die keine Ahnung von etwas haben.

Wir haben dann unsere Siebensachen in das sogenannte Sommerhaus und im Sommerhaus in die Etage rechts gebracht, so stand es jedenfalls auf unserem Anmeldeschein. Im Sommerhaus in der Etage rechts haben wir unsere Betten gefunden. Die Betten waren übereinander, das heißt, mein Bett war über Papas Bett. Überall gab es ein unteres und ein oberes Bett, und es gab in dem Raum, in dem wir schliefen, sehr viele Betten, ich konnte sie gar nicht zählen. Die meisten Betten waren leer, andere Betten aber waren auch schon gemacht. Wir haben unsere Betten nicht gleich gemacht, sondern wir haben unsere Siebensachen in einem Schrank untergebracht und sind dann sofort hinunter an die Mosel schwimmen gegangen.

Ich hatte mich die ganze Zeit sehr auf das Schwimmen gefreut, so war das Schwimmen durch das Vorfreuen doppelt schön. Ich bin zunächst zusammen mit Papa in die Mosel gegangen, dann ist Papa aus der Mosel ans Ufer gegangen, und ich habe noch sehr lange allein in der Mosel geschwommen und viel getaucht. Das Moselwasser war gut kühl und sehr erfrischend, und ich habe unter Wasser die Augen aufgemacht und lauter grüne Blubber-Landschaften gesehen, viele große und kleine, grüne Blubber, wie Wackelpudding.

Nachtisch

Mir ist aufgefallen, dass es in den Lokalen an der Mosel keinen richtigen Nachtisch gibt. Ich habe jedenfalls noch keinen gegessen, keinen Wackelpudding, keinen Schokoladenpudding, keine Rote Grütze.

Es gibt auch keinen Obstsalat, aber na gut, das ist nicht so schlimm, weil ich Obstsalat ja gar nicht so mag.

Dann wurde es langsam Abend. Wir haben noch eine Weile auf einer großen Decke an der Mosel gelegen und etwas gelesen. Ich habe weiter meine »Fury«-Geschichten gelesen, und Papa hat das Buch von Stefan Andres, das Herr B. mir geschenkt hatte, gelesen. Wir waren ganz still und haben gelesen und gelesen, und dann hat Papa plötzlich gesagt, es sei jetzt zu dunkel zum Lesen, deshalb sollten wir nun zum Abendessen gehen.

Wir sind dann zum Abendessen in die Jugendherberge gegangen, und in der Jugendherberge gab es wieder diesen starken Geruch, noch viel stärker als am Nachmittag. Man musste sich das Essen abholen und auf einem Tablett an einen Tisch tragen. Ich trug eine Scheibe Braten und Kartoffelpüree an unseren Tisch, und Papa trug einen Erbseneintopf mit Speck und Würstchen an unseren Tisch. Ich habe noch nie eine so komische Scheibe Braten gegessen, sie schmeckte nämlich gar nicht nach Braten, sondern nach Gummi, und auch das Püree schmeckte seltsam, nämlich nach gar nichts oder nach Streuselkuchen ohne Zucker oder Geschmack. Im Püree schwammen dicke Klumpen von Pulver, und die Scheibe Braten lag in einer mordsdicken Sauce, die aussah wie ein Pudding.

Ich habe versucht, etwas von der Scheibe Braten und dem Püree zu essen, es ging aber einfach nicht, und so habe ich an der Scheibe Braten und in dem Püree herum gestochert. Plötzlich aber hat Papa laut »pfui Deibel!« gerufen, und da habe ich gesehen, dass in Papas Erbseneintopf ein kleines Pflaster schwamm. Das Pflaster sah beinahe so aus wie ein kleines Würstchen, deshalb hätte Papa es auch beinahe gegessen. Gerade noch rechtzeitig hatte er dann aber entdeckt, dass das anscheinend kleine Würstchen ein Stück Pflaster war, das irgendwer verloren oder absichtlich in die Suppe getan hatte. Papa ist dann aufgestanden und mit seinem Erbseneintopf zur Essensausgabe gegangen. Er hat sich über das Pflaster beschwert, und dann hat er gesagt, dass wir jetzt nichts mehr in der Jugendherberge essen würden, gar nichts mehr, auch nicht morgen zum Frühstück. Er ist dann noch an unseren Tisch gekommen und hat meinen Teller mit der Scheibe Braten und dem Püree zurück zur Essensausgabe gebracht, und ich war sehr froh, dass ich nicht weiter von der Scheibe Braten und dem Püree essen musste. »Schluß! Aus!«, hat Papa gerufen, »von diesem Fraß essen wir nichts mehr!«, und dann hat er sich mit dem Herbergsvater gestritten, und der Herbergsvater ist richtig zornig und wütend geworden.

Streiten

Papa streitet nicht gern, und er streitet fast nie. Ich streite überhaupt nicht, ich kann nicht streiten. Auch Mama kann nicht streiten. Immer wenn Mama mit jemandem streiten müsste, geht sie einfach fort und sagt nichts. Und so mache ich es auch: Ich gehe fort und sage nichts. Papa findet das nicht richtig, Papa sagt, manchmal müsse man einfach streiten, richtig streiten, vor allem, wenn etwas zu weit gehe. Mama sagt dann nur »ach was!«, und wenn Papa dann noch weiter über das Streiten redet, sagt sie: »Josef! Ich bitte Dich!« Dann sagt Papa nichts mehr über das Streiten und schüttelt nur noch den Kopf.

Wir haben uns dann noch etwas in die Vorhalle gesetzt. Ich hatte sehr großen Hunger, aber ich habe nichts gesagt, und auch Papa hat nicht gesagt, dass er eigentlich noch Hunger habe. Stattdessen hat er gesagt, dass wir morgen früh drüben in Cochem ein sehr gutes Sonntagsfrühstück essen und anschließend zum Sonntagsgottesdienst in die Kirche gehen würden. Ich habe dann statt des Essens noch eine »Sinalco«, und Papa hat statt des Essens ein Bier getrunken, und ich habe noch eine Postkarte an Mama geschrieben. Schließlich aber sind wir in unseren Schlafraum gegangen, haben uns ausgezogen und geduscht und dann in unsere Betten gelegt.

Postkarte 10

Liebe Mama, ich weiß jetzt, was eine Jugendherberge ist und wie es in einer Jugendherberge aussieht und riecht. Es riecht nicht gut, und im Essen, das man in einer Jugendherberge bekommt, ist manchmal ein Pflaster. Papa schimpft sehr viel über die Jugendherberge hier, aber morgen frühstücken wir drüben in Cochem wie die Könige und singen dann in der Sonntagsmesse Lieder für den lieben Gott, so laut wir nur können. Eine gute Nacht wünscht Dir Dein Bub

Ich war sehr, sehr müde, und ich wollte sofort einschlafen, aber selbst das gelang in dieser verdammten Jugendherberge nicht. Als ich nämlich einschlafen wollte, hörte ich, wie laut in unserem Schlafraum geschnarcht wurde. Beinahe jeder Schläfer schnarchte, einige nur ein wenig, andere aber ganz laut, wie Knattergewehre oder wie Reibeisen, die man an einem eisernen Pfosten reibt. Es war so laut, dass es gar nicht zum Aushalten war, und es war ganz unmöglich, bei diesem Lärm zu schlafen. Ich habe nach Papa geschaut, der unter mir schlief, aber Papa war schon am Schlafen und schnarchte selbst ein wenig, so dass ich ihn nicht wecken konnte. Ich habe mir die Ohren zugehalten, das Schnarchen war aber immer weiter zu hören, ich wurde beinahe verrückt vor lauter Schnarchen. Ich habe mich immerzu hin und her gewälzt, und dann bin ich aufs Klo gegangen und habe versucht, auf dem Klo sitzend zu schlafen, aber das ging auch nicht. Ich habe dann etwas Klopapier von der Klorolle abgerissen und daraus kleine Kugeln gedreht und die Kugeln in meine Ohren gesteckt. Die Kugeln scheuerten in den Ohren aber so, dass sie weh taten, deshalb musste ich sie wieder heraus nehmen, beinahe hätte ich sogar eine Kugel nicht wieder aus dem Ohr heraus bekommen, denn die Kugel war schon sehr tief drin in meinem Ohr. Ich habe dann fast die ganze Nacht wach gelegen und das Schnarchen der anderen Schläfer verflucht. Ich habe nicht verstanden, warum alle, aber auch alle Schläfer trotz des Schnarchens der anderen Schläfer schlafen konnten, ich aber nicht. Anscheinend war ich also der einzige Schläfer, der das Schnarchen der anderen mitbekam, die anderen bekamen davon nichts mit, nur ich. Erst früh am Morgen, als es hell wurde, bin ich eingeschlafen. Da hatte das Schnarchen ein wenig nachgelassen, und ich war so furchtbar müde, dass ich einfach einschlafen musste.

28. Juli 1963

Ich hatte während der Nacht höchstens zwei oder drei Stunden geschlafen, deshalb war ich am frühen Morgen so müde, dass ich immer weiter schlief und gar nicht aufwachen wollte. Papa war längst aufgestanden und hatte längst gepackt, ich aber lag noch immer im Bett und schlief und schlief. Da aber kam der Herbergsvater in unseren Schlafsaal und bemerkte, dass ich noch nicht aufgestanden war. »Aufstehen!«, rief er, und weiter: »Da schläft wahrhaftig noch einer! Der fegt den Schlafsaal aus, kapiert!« Ich bin sofort aufgestanden und ins Bad gerannt, und ich habe mich wirklich sehr beeilt, aber es war nichts zu machen, ich musste den Schlafsaal ausfegen. Papa sagte, dass der Herbergsvater uns »gefressen« habe, weil wir gestern das Pflaster im Erbseneintopf gefunden hätten. Und wahrhaftig sah es so aus, als habe der Herbergsvater nur darauf gewartet, uns schikanieren zu können. Jedenfalls kam er immer wieder in den Schlafsaal und schaute nach, ob ich auch richtig fegte, und dann bückte er sich und schaute unter die Betten und sagte: »Da ist noch nicht genug gefegt!« Ich kniete mich also auf den Boden und fegte auch unter den Betten, und dann fegte ich noch einmal eigens die Ecken, weil der Herbergsvater noch gesagt hatte, dass er sich die Ecken besonders genau anschauen werde. Schließlich war es aber wirklich genug, und ich gab den Besen mit Schaufel und Eimer an der Anmeldestelle zurück. Da aber sagte der Herbergsvater, dass ich doch gleich noch den Speiseraum fegen könne, wo ich doch bereits so gut in Schwung sei.

Papa stand etwas von uns entfernt, aber er hatte doch genau gehört, was der Herbergsvater gesagt hatte. Er kam nämlich sehr schnell zu uns herüber, und dann sagte Papa zu dem Herbergsvater, dass es nun mit dem Fegen genug sei und dass wir dem Herbergsvater noch einen schönen Sonntag wünschten. Frühstücken, sagte Papa auch noch, würden wir in der Jugendherberge nicht, wir wollten uns vielmehr das Frühstück schmecken lassen, richtig schmecken, und zwar drüben, in Cochem. Da erwiderte der Herbergsvater, dass die Gäste in einer Jugendherberge den Anweisungen des Herbergsvaters zu folgen und wir deshalb jetzt sofort den Speiseraum zu fegen hätten. Das aber hätte er nicht sagen sollen, denn nun wurde es Papa zuviel, und dann sagte Papa nur: »Papperlapapp, was für ein Papperlapapp!« Der Herbergsvater geriet richtig in Wut, als er das hörte, aber

Papa sagte zu mir nur noch »Komm, wir gehen, soll er doch seinen Besen frühstücken!« Da wollte der Herbergsvater uns verbieten, die Jugendherberge zu verlassen. Er brüllte furchtbar herum, aber Papa tat so, als hörte er das Gebrüll überhaupt nicht. Und so zogen wir unsere Rucksäcke über und spazierten einfach ins Freie und gingen hinüber nach Cochem, als ginge uns das ganze Gebrüll und Geschrei des Herbergsvaters einfach nichts an.

Streiten

Diesmal hat Papa so gestritten, wie Mama immer streitet. Er ist einfach fortgegangen und hat nichts mehr gesagt. Stattdessen hat er geschwiegen, und erst am anderen Ufer von Cochem hat er wieder geredet. Da hat Papa plötzlich nur »So ein Lackel!« gesagt, und ich habe sofort gewusst, wen er meinte.

In Cochem sah es sehr merkwürdig aus, ganz anders als in den anderen Orten an der Mosel. Überall standen Schilder und hingen Tafeln herum, auf denen geschrieben stand, was man in den Häusern hinter den Schildern und Tafeln alles so essen konnte. Manche Gassen waren sehr schmal, und wenn sich die Menschen in den schmalen Gassen die Schilder und Tafeln anschauten, gab es einen Stau und es ging nicht mehr voran. Es waren in Cochem auch viel mehr Menschen als in den anderen Mosel-Orten, und die Menschen zogen in langen Reihen herum, und ich fragte Papa, warum denn in Cochem bloß so viele Menschen seien und was all diese Menschen in Cochem suchten. »Ich weiß es auch nicht, mein Junge«, antwortete Papa, und das klang irgendwie traurig, jedenfalls kam es mir traurig vor, als wäre es Papa nicht recht, dass so viele Menschen durch Cochem zogen und nicht genau wussten, was sie in Cochem eigentlich suchten. »Komm«, sagte Papa dann, »wir verdrücken uns ein bißchen«, und dann gingen wir eine steile Straße hinauf und fanden endlich oben, fast am Ende der steilen Straße und schon direkt neben einem Weinberg, ein Café, in dem wir frühstückten. Obwohl Sonntag war, gab es frische Brötchen und hausgemachte Marmelade und etwas Käse und zwei gekochte Eier, und Papa trank starken Kaffee, und ich trank Hagebuttentee.

An Mama denken

Schade, dass Mama uns keine Karten oder Briefe schreiben kann, so wie wir das tun. So hören wir von Mama rein gar nichts. Papa sagt, dass Mama vielleicht in unser Ferienhäuschen im Westerwald gefahren ist und dass sie dann heute Mittag bei Oma und Opa zu Mittag essen wird. Ich habe einen Moment nachgedacht, und dann habe ich genau gewusst, dass Mama im Westerwald ist und bei Oma und Opa zu Mittag isst.

Nach dem Frühstück sagte Papa dann, dass es heute in Cochem von Stunde zu Stunde immer voller werde und wir uns deshalb nicht allzu lange in Cochem aufhalten würden. Damit ich aber einen guten Eindruck von Cochem erhalte, würden wir nach dem Gottesdienst mit dem Sessellift hinauf auf die Höhe über Cochem fahren. Da hätten wir unsere Ruhe und könnten Cochem dann einfach von oben betrachten. Ich fand den Vorschlag sehr gut, und ich freute mich auf die Fahrt mit dem Sessellift, vorher aber gingen wir noch in die Kirche und warteten etwas, bis der letzte Morgengottesdienst begann, der Morgengottesdienst kurz vor Mittag. Wir haben dann beide sehr kräftig gesungen, Papa natürlich etwas kräftiger als ich, und wir sind beide zur Kommunion gegangen, und ich habe den lieben Gott gebeten, uns zu beschützen und die Mama zu beschützen. Nach dem Segen aber habe ich dem lieben Gott noch für die wunderschöne Moselreise mit Papa gedankt, und ich habe dem lieben Gott versprochen, mit Hilfe all meiner Zettel, Karten und all meines Krimskrams ein ausführliches Reisetagebuch zu schreiben.

Cochem

Cochem ist eine sehr volle Stadt, viel voller als die anderen Orte an der Mosel. Die vielen Menschen, die durch Cochem gehen, gehen von einem Lokal zum andern und überlegen, ob sie in das Lokal gehen oder ob nicht. Meistens gehen sie nicht hinein, und dann gehen sie weiter, und dann bleiben sie wieder stehen, und dann gehen sie wieder weiter. Ich habe so eine Stadt, in der die Menschen unaufhörlich herum gehen und sich alle Lokale ansehen, noch nie gesehen. Deshalb ist Cochem auch eine bleibende Erinnerung, und nicht nur eine Erinnerung, die ich bald wieder vergessen werde.

Nach dem Gottesdienst sind Papa und ich zu der Station gegangen, wo der Sessellift abfuhr. Es war gerade Mittag, und deshalb standen an der Station auch nicht sehr viele Menschen. Die meisten Menschen waren nämlich nun endlich in irgendein Lokal gegangen, um dort zu Mittag zu essen.

Als unser Sessellift hinauf auf die Höhe über Cochem fuhr, hörten wir einige Menschen singen, viele andere aber hörten wir reden, so dass Cochem, als wir auf die Stadt herunter schauten, sich wie ein murmelnder Ameisenhaufen anhörte. Von der Höhe aus wirkte Cochem auf mich dann aber nicht mehr wie ein murmelnder Ameisenhaufen, sondern wie eine Siku-Stadt. In einer richtigen Siku-Stadt nämlich gibt es nur Spielzeug, lauter Spielzeug, keine wirklichen Sachen. Und genau so sah Cochem aus: als würden die Menschen gar nicht wirklich in Cochem essen und trinken, sondern als würden sie in Spielzeughäusern so tun, als würden sie essen und trinken.

Auf der Höhe über Cochem gab es das Pinnerkreuz, und von diesem Kreuz aus konnten Papa und ich dann über das ganze Moseltal schauen. Die Mosel war sehr weit weg, und gegenüber gab es eine große Ritterburg, und unten am Fluss lag die Siku-Stadt Cochem und war endlich einmal still, vollkommen still.

Postkarte 11

Liebe Mama, wir haben die Jugendherberge, wie Papa gesagt hat, »fluchtartig« verlassen und in einem ruhigen Eck von Cochem gefrühstückt. Das war ein Glück, denn in Cochem gibt es sonst keine ruhigen Ecken, sondern nur sehr viele Menschen, die laufend umher ziehen, als suchten sie etwas. Sie suchen aber anscheinend nur nach einem Lokal, können das richtige Lokal aber erst nach sehr langem Suchen finden. Herzliche Sonntagsgrüße von Deinem Bub

Als wir mit dem Sessellift wieder in Cochem ankamen, war es richtiger Mittag, und es waren nicht mehr so viele Menschen wie zuvor unterwegs. Papa fragte mich, ob ich Hunger habe, und ich antwortete ihm, dass ich noch gar keinen Hunger habe und wir von mir aus sofort losziehen könnten. Da haben wir uns entschieden, sofort weiter zu ziehen und die Stadt Cochem, bevor es in ihr wieder sehr unruhig würde, zu verlassen. Wir sind dann an der Mosel entlang Richtung Ellenz gewandert, immer an der Mosel entlang, ganz dicht an ihr entlang. Die Mosel floss jetzt nicht mehr gerade und breit, sondern gekrümmt und schmal, so dass man während des Wanderns immer nur ein kleines Mosel-Stück sehen konnte. Unterwegs machten wir dann auch eine kleine Rast, wir legten uns auf eine Decke in den Schatten unter einen Baum, und dann haben wir etwas Sprudel getrunken, und jeder von uns hat etwas gelesen. Papa hat gesagt, dass »Der Knabe im Brunnen« wirklich ein sehr schönes Buch sei, das ich unbedingt lesen müsse, und ich habe gesagt, dass ich es sofort lesen werde, wenn ich mit den »Fury«-Geschichten am Ende sei. In den »Fury«-Geschichten ging es nun um den Kampf zwischen Fury, dem schwarzen Hengst, und einem bösen, weißen Hengst, der ein Killer-Hengst war. Die Geschichten wurden also immer spannender, und selbst der junge Joey, Furys Freund, zitterte manchmal vor lauter Spannung, weil auch er nicht wusste, wie die Geschichten und der Kampf zwischen den beiden Hengsten wohl ausgehen würden.

Am Nachmittag kamen wir dann in Ellenz an, und Papa sagte, dass wir nach der schlimmen und anstrengenden Nacht in der Jugendherberge nun ein sehr gutes und fürstliches Quartier beziehen würden. Das fürstliche Quartier hatten wir uns verdient, denn wir hatten in Cochem ja sehr sparsam und bescheiden gelebt. Papa aber wusste anscheinend ganz genau, wo wir übernachten würden, denn wir steuerten sofort, als wir in Ellenz angekommen waren, das »Weinhaus Fuhrmann« an. Im »Weinhaus Fuhrmann« waren die Menschen sehr freundlich, sie fragten uns danach, woher wir kämen und wie lange wir schon unterwegs seien, und dann schenkte mir die Frau am Empfang eine kleine Tüte mit Erfrischungsbonbons und lobte mich, weil ich ein tüchtiger, junger Wanderer sei. Wir bezogen dann ein großes Zimmer im Nebenhaus mit Blick auf die Mosel, die Mosel war nur ein paar Meter entfernt, und auf der anderen Seite der Mosel war ein weiterer kleiner Ort zu sehen, der so aussah, als habe man ihn gemalt. Ich fragte Papa, was das denn für ein seltsamer Ort sei, und Papa antwortete, dieser Ort heiße Beilstein, und es sei in der Tat ein sehr seltsamer Ort. Wie seltsam er sei, das aber würden wir gleich selbst heraus bekommen, denn wir würden gleich mit einer Fähre hinüber nach Beilstein fahren und später in Beilstein zu Abend essen.

Bevor wir nach Beilstein fuhren, wollte Papa sich aber noch wenigstens eine halbe Stunde ausruhen und etwas hinlegen. Papa wusste schon, dass ich ausruhen langweilig fand, deshalb sagte er, ich könne ruhig schon mal hinunter an die

Mosel gehen und mir dort die Zeit vertreiben, er komme in einer halben Stunde nach, und dann würden wir mit der Fähre nach Beilstein fahren. Ich verließ also das Zimmer und ging hinunter an die Mosel. Direkt an der Mosel standen aber zwei Jungs, die Steine über das Wasser flitzen ließen und mit nackten Füßen im Wasser standen. Ich ging zu ihnen hin, und sie schauten mich lange an, als gäbe es an mir etwas Besonderes zu sehen. »Du bist nicht von hier, stimmt's?«, fragte mich dann der eine, und ich antwortete, dass er recht habe und dass ich nicht von hier, sondern von Köln sei. »Köln liegt am Rhein, stimmt's?«, fragte der Junge da weiter, und ich antwortete, dass das stimme, Köln liege am Rhein. »Ist Köln eine große Stadt?«, fragte der Junge noch immer weiter, und ich antwortete, dass Köln eine sehr große Stadt mit einem sehr großen Dom und vielen sehr schönen und großen Häusern sei. »Gib nicht so an«, sagte da der andere Junge und schaute mich weiter an, als sähe ich merkwürdig oder seltsam aus. Ich antwortete darauf nichts mehr, denn mir fiel einfach nichts ein, außerdem aber war ich etwas erschrocken, dass der andere Junge glaubte, ich wolle angeben, dabei wollte ich überhaupt nicht angeben, sondern nur etwas über Köln sagen, wonach ich gefragt worden war. »Gibt es in Köln Weinberge?«, fragte der feindselige Junge mich da, und ich antwortete, dass es in Köln keine Weinberge gebe und dass die Landschaft in Köln ganz flach und eben und damit ganz anders sei als hier an der Mosel. »Na bitte«, sagte der etwas feindselige Junge da, »na bitte, es gibt in Köln also keine Weinberge, sondern nur flaches Land. Dann muss es ja sehr langweilig sein in Deinem Köln.« Ich wusste wieder nicht, was ich sagen sollte, aber ich musste doch etwas sagen, sonst hätte der Junge vielleicht gedacht, dass ich nicht mit ihm reden wollte, und ich wollte doch mit ihm reden. Da ich aber nicht wusste, was ich sagen sollte, sagte ich einfach »Wie meinst Du das?«, und da sagte der Junge, dass es in den Weinbergen nie langweilig sei und dass man in den Weinbergen immer etwas zu tun habe und dass er heute, am frühen Morgen, oben in den Weinbergen Weinbergschnecken gesammelt und von seinem Vater für die vielen gesammelten Weinbergschnecken fünfzig Pfennige bekommen habe. Da begriff ich, was der Junge meinte, und ich sagte, dass ich es toll fände, in den Weinbergen Weinbergschnecken zu sammeln und dass es schade sei, dass es in Köln keine Weinberge gebe und Köln deshalb vielleicht wirklich etwas langweiliger sei als die Gegend hier an der Mosel. Als ich das gesagt hatte, merkte ich, dass der eben noch feindselige Junge nicht mehr feindselig war, und auch der andere Junge war es kein bißchen. Sie schauten mich auch nicht mehr so seltsam an, sondern sie forderten mich auf, zu ihnen ins Wasser zu kommen und mit ihnen Steine über das Wasser flitzen zu lassen, und das tat ich denn auch, und ich war gar nicht so schlecht im Steine-Flitzen-Lassen.

Warum Köln nicht langweilig ist

In Köln gibt es keine Weinberge, aber Köln ist nicht langweilig. Am Rhein gibt es immer etwas zu sehen, und man kann das halbe Jahr mit den Schiffen fahren. Auch gibt es eine Seilbahn, die über den Rhein schwebt, hin und zurück. In Köln gibt es auch eine schöne Galopprennbahn und schöne Ufer für das Schwimmen im Rhein und eine Oper und viele schöne Kirchen. Das Schönste an Köln aber ist der große Dom. Einen solchen Dom gibt es an der Mosel nicht, und in ganz Deutschland sonst auch nicht.

Nachdem wir eine Weile die Steine hatten flitzen lassen, kam Papa hinunter zu uns an die Mosel, und dann verabschiedete ich mich von den Jungs und ging mit Papa noch ein paar Meter an der Mosel entlang bis zur Anlegestelle der Fähre nach Beilstein. Die Fähre war gerade am anderen Ufer und schaukelte dort etwas herum. Es dauerte aber nicht lange, da fuhr sie los und kam zu unserem Ufer, und dann gingen wir auf die Fähre und fuhren los. Ich kannte das Fahren auf einer Fähre ja schon, deshalb war es nichts Neues, mir fiel aber auf, dass auf der Fähre nach Beilstein viel gesprochen wurde und dass die Menschen, die mit dieser Fähre fuhren, zwar beinahe alle nach Beilstein schauten, dabei aber auch noch ununterbrochen über Beilstein sprachen. Hoch über Beilstein gab es eine große Ritterruine, und hoch über dem Ort gab es eine große Kirche, und unten an der Mosel entlang gab es viele schöne Häuser, und vor den Häusern liefen viele Menschen herum. Ich fragte Papa, ob es in Beilstein so ähnlich zugehe wie in Cochem, da lachte Papa und antwortete, es gehe in Beilstein wahrhaftig ein wenig so zu wie in Cochem, aber doch nicht ganz so, und außerdem seien wir ja kluge Wanderer, die nicht einfach mitten in die Menschenströme hinein laufen, sondern so wandern würden, dass wir den Menschenströmen geschickt entkämen.

Touristen

Die Menschenströme, die durch die Orte laufen, heißen Touristen. Papa mag nicht, wenn einer zu ihm sagt, er sei ein Tourist. »Sind Sie ein Tourist?«, hat ihn vorgestern jemand gefragt, und Papa hat geantwortet: »Sehe ich etwa so aus?« Papa sagt, wir seien keine Touristen, sondern Wanderer und damit genaue Beobachter, und das sei etwas anderes als Touristen. Touristen, sagt Papa, wandern nicht und beobachten auch nicht genau, Touristen lassen sich irgendwohin fahren und schauen dann, wo sie den nächsten Apfelkuchen mit Sahne bekommen.

Als wir in Beilstein ankamen, fuhr dort gerade ein Bus nach dem andern vor, und aus jedem Bus strömten viele Menschen, und alle standen dann herum und wollten durch Beilstein gehen oder durch Beilstein geführt werden. Es war also sehr eng und voll und laut, und es gab Menschen, die mit Weingläsern herum liefen und besonders laut waren. Da sagte Papa »Das ist ja grausam hier«, und ich sagte nichts, weil ich nicht sagen wollte, dass es mir an dem vollen Moselufer von Beilstein nicht besonders gefiel. »Komm«, sagte Papa, »wir steigen jetzt einfach hinauf zur Burg Metternich«, und ich antwortete »ja, genau« und dann sagte ich noch, dass wir das ja immer so machten, wenn es uns irgendwo nicht passen würde und es zu voll oder zu laut sei, wir würden einfach in die Höhe verduften, denn in der Höhe seien wir meistens allein und hätten unsere Ruhe. »Was machen wir?«, fragte Papa mich da, und ich sagte noch einmal »Wir verduften einfach«, da lachte Papa und fragte, woher ich denn dieses seltsame Wort habe, dieses »verduften«. Da habe ich einen Moment nachgedacht, und dann fiel es mir ein, und ich habe gesagt, dass die fünf Freunde in den Büchern von Enid Blyton oft sagen würden, sie müssten jetzt schnell verduften. Das würden sie dann auch tun, sie würden sehr schnell verduften, denn oft sei dann für die fünf Freunde irgendetwas gefährlich, sie wüssten zwar meistens nicht genau was, aber sie wüssten doch genau, wann es irgendwo gefährlich sei und wann nicht und wann man deshalb unbedingt verduften müsse.

Verduften

»Verduften« ist ein seltsames Wort. Eigentlich kann man nicht sagen »ich verdufte jetzt mal«, jedenfalls kann ich es nicht zu Mama oder Papa sagen. Zu meinen Freunden aber sage ich oft, dass ich jetzt mal »verdufte«. Ich meine damit aber gar nicht, dass ich verschwinde oder mich aus dem Staub mache, sondern ich meine, dass ich nach Hause gehe.

Wir sind dann zwischen den vielen Menschenströmen hindurch hinauf zur Burg Metternich gegangen. Die Burg Metternich muss einmal eine große, stolze Burg gewesen sein, aber es war sehr schwer, zu erkennen, wie genau sie einmal ausgesehen hat. Papa hatte einen Prospekt dabei und ging mit dem Prospekt durch die Burg, und dann sagte er, was hier und dort einmal alles so gewesen sei, aber es war trotzdem schwer, sich das vorzustellen. Nur der Bergfried war gut zu erkennen, denn der Bergfried stand noch in voller Größe da, die anderen Teile der Anlage aber hatten die Franzosen vor etwa dreihundert Jahren einfach zerstört. Das

Schöne an der Burg aber war, dass man auf ihren zerstörten Mauern herum und in ihre Schieß- und Aussichtslöcher hinein kraxeln konnte, und so ist aus einer Ritterburg eben eine Kraxelburg geworden. Papa fand die Burg Metternich, wie er sagte, »sehr eindrucksvoll«, besonders den Blick hinab ins Moseltal fand er »eindrucksvoll«, und so hat er den Bergfried und einige Mauern im Vordergrund gezeichnet und im Hintergrund den Blick ins Moseltal. Ich fand es wieder sehr schade, dass ich so etwas Eindrucksvolles nicht auch zeichnen konnte, aber dann habe ich den eindrucksvollen Blick immerhin fotografiert und später hat Papa mich noch vor den Weinbergen oberhalb der Burg mit dem Blick ins Moseltal fotografiert.

Fotografieren

Ich fotografiere manchmal mit meiner kleinen Voigtländer-Kamera. Oft aber vergesse ich auch, mit der Kamera zu fotografieren. Ich weiß nicht genau, ob ich gern fotografiere oder nicht. Ich weiß nur, dass ich manchmal überhaupt keine Lust habe zu fotografieren, aber ich weiß nicht, wieso. Manchmal aber habe ich auch richtig große Lust zu fotografieren, und dann fotografiere ich den ganzen Tag lang sehr viel. Wieso habe ich manchmal gar keine Lust und manchmal große Lust? Wenn ich zeichnen könnte, hätte ich dazu bestimmt immer Lust. Papa zeichnet sehr viel, jeden Tag, und er hat ein sehr schönes Skizzenheft mit lauter Zeichnungen von der Mosel und den Orten, die wir gesehen haben. Papa zeichnet keine Menschen, nur Orte, Landschaften und Dinge. Ich mag Papas Skizzenheft sehr und schaue oft hinein.

Wir sind dann von der Burg Metternich aus wieder etwas hinunter ins Tal und dann wieder etwas hinauf auf die Höhe gestiegen. Dort lag oberhalb der Häuser von Beilstein die Kirche von Beilstein. In der Kirche roch es sehr stark nach Weihrauch, und außerdem war die Kirche, wie Papa sagte, »in barockem Stil« erbaut. Papa erklärte mir, was »der barocke Stil« sei, »der barocke Stil« ist ein sehr prunkvoller und prächtiger Stil mit vielen Ornamenten. Alles in der Beilsteiner Kirche war prunkvoll und prächtig, die Kanzel, der große Altar, aber auch die kleinen Altäre. Dann aber gab es in der Beilsteiner Kirche noch etwas sehr Besonderes zu sehen, dieses Besondere war die Schwarze Madonna.

Die Schwarze Madonna war eine Madonna mit einem schwarzen Gesicht und langen schwarzen Haaren und einem goldenen Gewand mit Gürtel. Auch das Jesuskind, das sie auf der Hand hielt, hatte ein schwarzes Gesicht und schwarze Haare und ein goldenes Gewand, nur ohne Gürtel. Papa sagte, die Schwarze Madonna sei viele hundert Jahre alt und komme aus Spanien, spanische Soldaten hätten sie mit nach Beilstein gebracht und dann sei die Schwarze Madonna hier in Beilstein geblieben, weil die spanischen Soldaten nach dem Krieg mit den Beilsteinern Frieden geschlossen und ihnen die Schwarze Madonna geschenkt hätten.

Ich fragte Papa, ob diese Schwarze Madonna eine ähnliche Madonna sei wie die Schwarze Madonna in der Kupfergasse in Köln, die Mama und ich schon sehr oft besucht und vor der wir viele Kerzen angezündet haben. Papa antwortete »ja, ganz genau«, diese Madonna in Beilstein sei eine Schwarze Madonna wie die Schwarze Madonna in Köln, aber eben doch anders, sehr anders. Da schaute ich mir die Schwarze Madonna von Beilstein einige Minuten sehr genau an, um heraus zu bekommen, wie anders diese Schwarze Madonna denn sei. Und dann sagte ich zu Papa, die Schwarze Madonna in Beilstein sei ganz aus Holz, die Schwarze Madonna in Köln aber trage ein schweres Kleid aus Stoff über ihrem Körper, deshalb könne man auch nicht sehen, ob sie aus Holz oder woraus sie gemacht sei. Und dann sagte ich noch, dass die Schwarze Madonna in Beilstein sehr ernst aussehe und einem ein wenig Angst mache, während die Schwarze Madonna in Köln freundlicher aussehe und so, als wäre sie immer für einen da. Papa meinte, das sei alles richtig und ich hätte genau hingeschaut, und es wäre schön, wenn ich an Mama eine Karte mit dem Bild der Schwarzen Madonna schicken würde. Wir kauften dann eine Postkarte mit dem Bild der Schwarzen Madonna, und ich setzte mich nach draußen, vor die Kirche, und schrieb die Postkarte, während Papa allein durch die Kirche ging und sich wieder alles sehr genau anschaute.

Postkarte 12

Liebe Mama, wenn wir in Beilstein wohnen würden, würden wir beide immer zur Schwarzen Madonna von Beilstein gehen und dort beten und eine Kerze anzünden. Die Schwarze Madonna von Beilstein ist aber viel ernster als die Schwarze Madonna in Köln, vielleicht ist sie etwas verärgert, weil sie nicht mehr in Spanien ist, denn sie kommt aus Spanien und ist hier in Beilstein von den Spaniern zurück gelassen worden.
Herzliche Grüße von Deinem Bub

Nach dem Besuch der Kirche von Beilstein sind wir dann eine lange Treppe hinab in das Dorf und dann auch richtig in das Dorf hinein gegangen. Es war schon beinahe dunkel, und in den Gassen brannten überall Lichter und die Fenster der Lokale standen offen, und man hörte überall Musik. An jedem Eck, an dem wir vorbei gingen, wurde eine andere Musik gespielt, und auch auf den kleinen Plätzen wurde Musik gespielt, wie zum Beispiel »Weiße Rosen aus Athen« oder »Ein Schiff wird kommen«. Auf dem größten der kleinen Plätze wurde auch getanzt, und es standen viele Tische draußen im Freien, und auf den Tischen standen Kerzen. Der Ort war wirklich nicht sehr groß, wir hatten ihn jedenfalls sehr schnell durchlaufen, und dann kamen wir wieder auf dem größten der kleinen Plätze an, wo viel getanzt wurde. Wir hatten jetzt großen Hunger, und wir überlegten, ob wir in Beilstein wie geplant zu Abend essen sollten, ich merkte Papa aber an, dass er darüber nachdachte, ob wir wirklich in Beilstein zu Abend essen sollten. Wir standen dann noch etwas am Rand des größten der kleinen Plätze herum und schauten den Tänzern zu, da aber kam plötzlich eine Frau auf Papa zu gegangen und fragte ihn, ob er mit ihr tanzen wolle. Ich war sehr erstaunt, und auch Papa war sehr erstaunt, aber dann sagte Papa »ja, sehr gerne«, und dann ging er mit der Frau auf den Platz und tanzte mit ihr.

Papa tanzt

Zum ersten Mal in meinem Leben habe ich Papa tanzen sehen, und ich habe Papa fast nicht mehr wiedererkannt. Papa tanzt nämlich wie ein richtiger Tänzer, mit viel Schwung, immer rundherum. Beim Tanzen guckt Papa sehr ernst, als könne man beim Tanzen leicht etwas falsch machen. Die Frau, mit der Papa tanzte, hat viel geredet, aber Papa hat immer nur ganz kurz geantwortet oder genickt.

Das alles aber war sonderbar, und ich wusste gar nicht, was ich tun sollte, denn Papa tanzte ja nicht mit Mama, sondern mit einer fremden Frau, und ich wusste nicht so richtig, warum er das tat, nicht mit Mama tanzen, sondern mit einer fremden Frau. Die fremde Frau hatte ein rotes Kleid an und etwas Schmuck, und sie hatte sehr dunkle Haare, und außerdem trug sie weiße Schuhe, die auf dem Platz leuchteten. Als Papa mit der fremden Frau zu Ende getanzt hatte, blieb er mit der fremden Frau noch eine Weile auf dem Platz stehen und unterhielt sich mit ihr, dann aber gab er ihr die Hand und verabschiedete sich. Er kam dann zu mir zurück, und er sagte, wir würden nun wieder hinüber nach Ellenz fahren, um dort im »Weinhaus Fuhrmann« zu Abend zu essen.

Ich war sehr erleichtert, dass wir wieder nach Ellenz fuhren, denn ich wollte nicht gerne in Beilstein zu Abend essen, vor allem wollte ich aber nicht, dass Papa weiter mit der fremden Frau und nicht mit Mama tanzen würde, nein, das wollte ich wirklich nicht. Ich sagte aber gar nichts, sondern schwieg richtig, und erst, als wir unten an der Mosel auf die Fähre warten mussten, fragte ich Papa, warum er mit der fremden Frau getanzt habe. Papa schaute mich an und dann sagte er, man dürfe eine Frau, die einen zum Tanz auffordere, nicht abweisen, sondern müsse der Frau danken, dass sie einen zum Tanz auffordere. Für einen Mann sei es nämlich eine Ehre, von einer Frau zum Tanz aufgefordert zu werden, und deshalb müsse der Mann mit der Frau dann auch ordentlich tanzen, das gehöre sich einfach so. Ein Tanz oder zwei, vielleicht auch drei Tänze gehörten sich, es sei aber nicht nötig, dass der Mann dann noch länger oder den ganzen Abend mit der Frau tanze. Deshalb habe er sich bei der Frau dafür bedankt, dass sie ihn zum Tanzen aufgefordert habe, ihr nach dem Tanzen aber erklärt, dass wir nun nach Ellenz zurück fahren müssten und er nicht länger mit ihr tanzen könne. Ich verstand alles, was Papa sagte, genau, und ich fragte nur noch, ob er wirklich zurück nach Ellenz haben fahren wollen oder ob er der fremden Frau das nur gesagt habe, um nicht mehr mit ihr tanzen zu müssen. Da lachte Papa und sagte, im Grunde habe er bereits vorgehabt, mit mir nach Ellenz zum Abendessen zurück zu fahren, er habe aber noch gezögert. Jetzt aber sei alles klar, wir würden nach Ellenz zurück fahren und dort zu Abend essen. »In Ordnung?«, fragte er mich dann noch, und ich sagte, dass ich das sehr in Ordnung finde und mir die ganze Zeit schon gewünscht habe, nicht in Beilstein, sondern in Ellenz zu Abend zu essen und mich nur nicht getraut habe, das auch zu sagen. Papa lachte wieder, und dann lachten wir beide, und ich war sehr froh, als wir wieder auf der Fähre standen und hinüber nach Ellenz fuhren.

Fragen

Ich: Hast Du mit Mama früher auch mal getanzt?
Papa: Ich habe mit Mama früher sehr viel getanzt, das war aber noch vor Deiner Geburt.
Ich: Und wo habt Ihr getanzt?
Papa: Bei den Schützenfesten im Westerwald, bei den Familienfesten in Omas und Opas Garten, an Silvester, an vielen Feiertagen, immer im Westerwald.
Ich: Und wer hat Euch das Tanzen beigebracht?
Papa: Niemand hat uns das Tanzen beigebracht. Das Tanzen lernt man von ganz allein, wenn man viel tanzt.

Auf der Fähre passierte dann aber noch einmal etwas Besonderes. Es war nämlich, als wir mit der Fähre fuhren, schon richtig dunkel, so dunkel, dass man die Mosel kaum noch erkennen konnte. Deshalb schauten Papa und ich auch nicht auf die Mosel, sondern zurück nach Beilstein. Da aber sah ich, wie der Ort überall leuchtete und funkelte und wie er sehr festlich und schön aussah, und ich überlegte plötzlich, ob wir nicht doch hätten in Beilstein zu Abend essen sollen. Ich überlegte, ob ich Papa das sagen sollte, aber dann sagte ich nur, dass mir Beilstein von der Fähre aus ganz anders vorkomme als noch eben, als wir durch Beilstein gelaufen seien. Da fragte Papa »Wie anders? Was ist denn jetzt anders?«, und da sagte ich, dass Beilstein jetzt, von der Fähre aus, aussehe wie ein Foto oder wie ein Ort im Film, so schön sehe Beilstein aus. Da aber sagte Papa »genau« und dass er das auch finde und dass eben das das Besondere an Beilstein sei, dass der Ort von Weitem oft schöner sei als von Nahem und dass es eben ein Ort für Filme und Musik und Tanz und Gesang sei. An der Mosel gebe es jedenfalls keinen vergleichbaren Ort, eigentlich sei es ein Ort zum Theater spielen und zum Filme drehen, und wirklich seien in Beilstein auch schon viele Filme gedreht worden, von denen wir uns vielleicht einmal einen anschauen würden, wenn er in Köln in einem Kino laufe. Ich fragte Papa, wie die Filme aus Beilstein denn heißen würden, aber Papa konnte sich nicht erinnern, so sehr er es auch versuchte. Ihm fiel einfach kein Film ein, und so sagte er immer nur »verdammt, es liegt mir auf der Zunge, verdammt«, aber es half alles nichts, Papa fiel es nicht ein. Papa wurde dann ganz still und überlegte weiter, und als wir am Ufer von Ellenz ankamen, gab er auf und sagte nur »Dir wären die Filmtitel sofort eingefallen, Dir sofort«.

Mein Gedächtnis

Viele Leute sagen, dass ich ein sehr gutes Gedächtnis habe. Papa sagt das, Oma und Opa sagen es, Tante G. sagt es. Dabei habe ich nur manchmal ein sehr gutes Gedächtnis. Die Stücke, die ich auf dem Klavier spiele, kann ich zum Beispiel alle im Gedächtnis behalten. Das ist aber sehr einfach, denn ich habe sie ja auch lange geübt. Andere Dinge kann ich aber gar nicht behalten. Technik-Sachen kann ich fast gar nicht behalten. Dafür aber kann ich Bilder und Kunst sehr gut behalten, sogar die Farben auf einem Bild, jede Farbe, das ganze Bild.

Wir gingen dann noch am dunklen Moselufer entlang nach Ellenz zurück. Im »Weinhaus Fuhrmann« leuchtete überall Licht, so dass auch das »Weinhaus Fuhrmann« ein wenig aussah wie ein Weinhaus in Beilstein. Wir sind dann nicht mehr auf unser Zimmer gegangen, sondern haben uns gleich an einen Tisch gesetzt und das Abendessen bestellt. Papa hat eine Forelle mit Butterkartoffeln und viel Salat gegessen, und ich habe Nudeln mit Tomatensauce gegessen, eine riesige, gute Portion.

Postkarte 12

Liebe Mama, wir haben gerade im »Weinhaus Fuhrmann« in Ellenz sehr gut zu Abend gegessen. In Beilstein nämlich wollten wir nicht zu Abend essen, weil in Beilstein so viel getanzt wurde. Von Weitem ist Beilstein sehr schön, wie im Film, von Nahem gibt es in Beilstein viel Musik und Kostüme und solche Sachen. Ich habe wieder viel an Dich gedacht, und auch Papa hat viel an Dich gedacht. Ich wünsche Dir eine gute Nacht Dein Bub

29. Juli 1963

Am nächsten Morgen wurde ich besonders früh wach, weil die Sonne schon sehr früh in unser Zimmer schien und alles so hell war, dass ich die Augen gar nicht mehr geschlossen halten konnte. Ich habe dann im Bett etwas gelesen und darauf gewartet, dass Papa wach wurde. Auch Papa wurde viel früher wach als sonst, und dann haben wir geduscht und schon mal etwas gepackt. Als wir aber hinüber in das Haupthaus des »Weinhaus Fuhrmann« gehen wollten, um dort zu frühstücken, kamen wir an einem kleinen Saal vorbei, und als ich in den kleinen Saal hinein schaute, stand dort ein langer Tisch mit sehr vielen Stühlen. An einer Wand des Saales aber stand auch ein schwarzes Klavier, ein richtiges, ordentliches Klavier. Ich habe Papa gefragt, ob ich das Klavier öffnen dürfe, und Papa hat »ja« gesagt, »ja«, ich dürfe nachsehen, ob man das Klavier öffnen könne, ich dürfe aber jetzt noch nicht auf dem Klavier spielen, weil es dazu noch zu früh sei. Ich ging zu dem Klavier und versuchte, es zu öffnen, und es ließ sich ganz leicht öffnen, schade war nur, dass die Tasten nicht mehr ganz weiß waren, sondern bräunlich.

Drüben im Haupthaus des »Weinhaus Fuhrmann« haben wir dann gefrühstückt. Ich hatte aber keinen richtigen Hunger, und ich wollte eigentlich auch gar nicht lange frühstücken. Statt lange zu frühstücken, wollte ich lieber auf dem Klavier spielen. Papa fragte die Frau, die uns bediente, ob ich später auf dem Klavier spielen dürfe, da schaute mich die Frau an und fragte mich: »Ah, Du kannst Klavier spielen?« Ich sagte ihr, dass ich Klavier spielen könne, weil ich schon seit sieben Jahren Klavierunterricht habe, und dass ich in den sieben Jahren viele Stücke gelernt habe. »Und was spielst Du so?«, fragte die Frau. Da sagte ich der Frau, dass ich Stücke von Mozart, von Bach und von Beethoven, von Schumann und von Scarlatti und noch von vielen anderen Komponisten spielen würde. Da war die Frau sehr erstaunt und sagte »Donnerwetter!«, und dann sagte sie noch, dass sie nicht alle Komponisten kenne, die ich genannt habe, und dass es für einen Jungen in meinem Alter allerhand sei, all diese Komponisten zu kennen. »Das ist wirklich allerhand«, sagte sie, und dann sagte sie noch einmal »allerhand«. Ich wusste nicht genau, was sie mit dem »allerhand, allerhand« meinte, aber ich fragte nicht nach, um den guten Eindruck, den ich gemacht hatte, nicht zu zerstören. Ich schwieg also einfach, und so war es einen Augenblick still. Weil es aber so still war, sagte dann Papa etwas, ihm fiel aber wohl ganz und gar nichts Neues ein, denn er wiederholte nur, was die Frau gesagt hatte und sagte: »Ja, für einen Jungen in seinem Alter ist das wirklich allerhand.«

Es war ein bißchen peinlich, dass niemandem mehr etwas einfiel, deshalb bin ich einfach aufgestanden und habe gesagt, dass ich jetzt hinüber, ins Nebenhaus, gehen würde, um dort etwas Klavier zu spielen. Die Frau hat gesagt »ja, tu das!«, und Papa hat auch gesagt »ja, dann mal los!«, und dann hat er sich die Zeitung geholt und sich an ein Fenster gesetzt und begonnen, die Zeitung zu lesen. Ich aber bin rasch ins Nebenhaus gegangen und habe den Deckel des schwarzen Klaviers geöffnet, und dann habe ich Klavier gespielt.

Klavier spielen

Klavier spielen und schwimmen – beides mache ich unglaublich gerne. Wenn ich wie jetzt einige Tage nicht Klavier gespielt habe, juckt es mich manchmal richtig. Es juckt in den Fingern und in den Armen, und wenn es juckt, bewege ich rasch die Finger, als würde ich gerade Klavier spielen. Das Jucken geht dann sofort wieder weg, und es kommt mir so vor, als würde ich wirklich Klavier spielen. Manchmal höre ich sogar richtige Töne und Klänge, dann brauche ich bloß noch die Augen zu schließen. Wenn ich die Augen geschlossen habe, sehe ich nämlich auch noch die Noten, und dann ist alles fast so wie beim wirklichen Spielen.

Da ich einige Tage nicht Klavier gespielt hatte, habe ich das Spielen mit einem einfachen Stück begonnen. Ich habe eine Sonate von Scarlatti gespielt und danach habe ich die F-Dur-Sonate von Mozart gespielt und danach habe ich einige Stücke aus den »Kinderszenen« von Schumann gespielt und danach habe ich mit den Präludien und Fugen aus dem »Wohltemperierten Klavier« von Bach begonnen, von denen ich sonst jeden Tag einige spiele. Ich habe die Präludien und Fugen in C-Dur, C-moll, D-Dur und D-moll gespielt, da aber ist Papa in den kleinen Saal gekommen. Er hat noch gewartet, bis ich mit der Fuge in D-moll zu Ende gekommen war, dann aber hat er gesagt, dass ich einmal nach draußen, auf die Terrasse, kommen solle. Draußen, auf der Terrasse, warteten einige Leute auf mich, und als ich auf die Terrasse kam, sah ich, dass die Frau, die uns beim Frühstück bedient hatte, unter diesen Leuten war. Neben dieser Frau stand aber auch noch eine ältere Frau, diese ältere Frau war die Mutter der Frau, die uns beim Frühstück bedient hatte. Und neben diesen beiden Frauen standen noch einige andere Leute, die anscheinend wie wir im »Weinhaus Fuhrmann« übernachtet hatten.

All diese Leute warteten auf der Terrasse nur auf mich, und als ich zu ihnen kam, klatschten sie alle, und die ältere Frau nahm mich in ihre Arme und gab mir einen Kuss auf die rechte Backe. Dann aber sagte sie, dass sie ein so schönes Klavierspiel noch nie in ihrem Leben gehört habe, und die Frau, die uns beim Frühstück bedient hatte, sagte das auch. Die anderen Leute aber fragten mich, wie lange ich schon

Klavier spiele und wieso ich so gut Klavier spielen könne und ob ich bereits Konzerte gebe. Ich habe alle Fragen beantwortet, dadurch aber wurde es später und später, und Papa schaute dann auf die Uhr und sagte, dass wir jetzt bereits sehr spät dran seien und nun wohl oder übel weiterziehen müssten. Die Leute sagten, dass ich noch ein Stück zum Abschluss spielen solle, und die ältere Frau hat sich gewünscht, dass ich die »Träumerei« spiele. Ich habe dann noch die »Träumerei« gespielt, und die Leute sind mit in den kleinen Saal gekommen und haben zugeschaut, wie ich die »Träumerei« spielte. Danach haben sie wieder geklatscht und »wunderschön, einfach wunderschön« gesagt. Papa und ich sind dann aber rasch in unser Zimmer gegangen, und dann haben wir noch rascher alles gepackt und schließlich das Zimmer bezahlt. Ich habe für mein Klavierspiel noch eine Tüte Erfrischungsbonbons bekommen, und dann sind Papa und ich losgezogen, immer an der Mosel entlang, in Richtung Ediger.

Die »Träumerei«

Wenn ich eine Zugabe geben soll, wünschen sich viele Menschen die »Träumerei«. Ich weiß auch, dass sie sich die »Träumerei« sehr langsam gespielt wünschen. Wenn ich die »Träumerei« zu Hause spiele, spiele ich sie viel schneller, und neulich habe ich sie sogar einmal ganz schnell gespielt. Mama ist dann ins Zimmer gekommen und hat mich gefragt, warum ich die »Träumerei« so schnell spiele. Da habe ich gesagt, dass das Träumen doch eigentlich schnell sei und nicht langsam. Manchmal ist das Träumen sogar richtig schnell, also sehr schnell. Mama aber hat gesagt, dass Robert Schumann, also

> der Komponist der »Träumerei«, das langsame Träumen, das Träumen am Tag mit offenen Augen gemeint habe. Da habe ich die »Träumerei« einmal ganz ganz langsam gespielt. Es klang aber nicht so gut wie das schnelle Spielen, nein, es klang wirklich gar nicht so gut.

Nach dem Klavierspielen war das Wandern ganz anders als sonst. Weil ich nämlich Klavier gespielt hatte, hatte ich die ganze Zeit während des Wanderns noch die Musik im Kopf. Ich hörte die Musik, und ich hörte sie immer mehr, und ich konnte mir gar nichts richtig anschauen, nicht die Mosel, aber auch sonst nichts. Ich wanderte also neben Papa her und schaute nur vor mich hin, und ich hatte dauernd die Musik im Kopf. Das aber wäre noch nicht das Schlimmste gewesen, das Schlimmste aber war, dass ich dauernd an Köln und an mein Klavier und an mein Zimmer dachte, in dem mein Klavier steht. Ich dachte aber nicht nur an mein Zimmer und an mein Klavier, sondern auch an Mama. Auf einmal dachte ich sogar so stark an Mama, wie ich während unserer ganzen Moselreise nicht an sie gedacht hatte. Ich sah Mama richtig vor mir, wie sie vor dem Fenster meines Zimmers in Köln sitzt und mir beim Klavier spielen zuhört. Und als ich sie so sitzen sah und so an sie dachte, kamen mir plötzlich die Tränen. Ich bin einfach weiter gegangen und habe nichts gesagt, und ich habe versucht, die Tränen zu stoppen. Dann habe ich mir heimlich mit der Hand die Tränen abgewischt und bin weiter gegangen, aber die blöden Tränen sind einfach weiter über meine beiden Backen gerollt, ich konnte sie einfach nicht stoppen. Ich habe mit der Hand gewischt und gewischt, da aber hat Papa gemerkt, dass mit mir etwas nicht stimmte. Papa hat mich gefragt, ob etwas mit mir nicht stimme, da habe ich aufgehört mit dem Wandern und ihm gesagt, dass ich Heimweh nach Mama und meinem Klavier habe, ganz furchtbares Heimweh.

Da haben wir uns auf ein Mäuerchen an der Mosel gesetzt, und Papa hat mir eines seiner großen Taschentücher aus Stoff gegeben, und ich habe mir die Tränen abgewischt. Dann aber sind wir runter zur Mosel gegangen, und Papa hat das Taschentuch ins Moselwasser getaucht, und dann habe ich mir mit dem feuchten Taschentuch den ganzen Kopf abgewischt. Das Taschentuch war von dem Moselwasser ganz kühl, das war sehr gut, denn mein Kopf war sehr heiß, wegen des kühlen Moselwassers kühlte er dann aber langsam wieder ab.

Wir haben uns dann wieder auf das Mäuerchen gesetzt, und Papa hat mich gefragt, ob wir die Moselreise abbrechen und nach Hause zurück fahren sollten. Ich habe mit dem Kopf geschüttelt, und dann habe ich »auf keinen Fall« gesagt, und dann habe ich gesagt, dass es an der Mosel wunderschön sei. Als ich das gesagt habe, musste ich aber schon wieder weinen, es war schlimm, ich wollte überhaupt nicht weinen, aber ich musste, es ging nicht anders. Die Tränen liefen ganz von allein, und ich war richtig wütend, weil ich nichts gegen die Tränen tun konnte. Da sagte Papa, es sei ganz einfach jetzt zurück nach Hause zu fahren, wir würden einfach in den Zug steigen und zurück nach Koblenz fahren und in Koblenz umsteigen. Von Koblenz nach Köln sei es dann nur noch ein Klacks, am Nachmittag seien wir wieder in Köln, und alles sei einfach, sehr einfach.

Ich schüttelte aber nur noch mehr den Kopf und sagte »auf keinen Fall« und »auf gar keinen Fall«, und dann wischte ich mir noch einmal mit dem feuchten Taschentuch die Tränen ab. Ich gab Papa das Taschentuch zurück, und als ich es ihm in die Hand drückte, sah ich, dass er mich ganz genau anschaute, wie ein Arzt. Papa schaute mich so genau an, weil er heraus bekommen wollte, wie es mir ging. Ich konnte ihm aber nicht richtig sagen, wie es mir ging, denn ich hatte einen dicken, fetten Kloß im Hals, deshalb konnte ich nichts sagen. Ich wollte Papa aber sagen, dass ich auf jeden Fall mit ihm weiter wandern wolle. Da ich es ihm aber nicht sagen konnte, umarmte ich ihn einfach und gab ihm einen Kuß auf die Stirn, so wie mir die ältere Frau am Morgen einen Kuß gegeben hatte. Papa aber drückte mich ganz fest an sich, und dann sagte er »Du hast Heimweh, und ich habe auch ein bißchen Heimweh, wir haben beide etwas Heimweh«. Dann aber machte er eine kleine Pause. Und dann sagte er weiter: »Wir lassen uns aber von unserem Heimweh nicht umstimmen, nicht wahr? Wir wandern einfach weiter, dann vergeht das Heimweh ganz schnell. Und am Ende unserer Moselreise sind wir dann stolz, dass wir das Heimweh besiegt haben. Machen wir es so?« Ich hörte ihm genau zu, und als ich ihm zugehört hatte, war der dicke, fette Kloß im Hals beinahe verschwunden. Ich konnte also wieder ein bißchen sprechen, deshalb sagte ich: »Wir machen es so, wir besiegen das Heimweh. Das schaffen wir schon.« Und dann gab ich Papa noch einen zweiten Kuß auf die Stirn und zog meinen Rucksack wieder über.

Das Heimweh

Das Heimweh ist nicht immer da, nur manchmal. Besonders stark ist das Heimweh, wenn ich an die Zimmer in unserer Wohnung denke, und sehr stark ist es, wenn ich an Mama denke. Wenn das Heimweh kommt, klopft das Herz, und der Mund wird sehr trocken. Es geht aber meist schnell wieder vorbei, vor allem dann, wenn man einfach weiter wandert und nicht mehr an Mama oder die Wohnung denkt.

Fragen

Ich: Hast Du als Junge auch mal Heimweh gehabt?
Papa: Nein, ich hatte kein Heimweh, denn ich war als Junge ja nie von zu Hause fort.
Ich: Und später? Hattest Du auch später niemals Heimweh?
Papa: Und ob! Während des Krieges, als ich Soldat war, da hatte ich ganz furchtbares Heimweh.
Ich: Und was hast Du gegen das Heimweh getan?
Papa: Ich habe gebetet, ich habe das »Vater unser« und das »Gegrüßet seist Du, Maria« gebetet.
Ich: Und das hat geholfen?
Papa: Ja, meistens hat das geholfen.

Wir wanderten dann weiter die Mosel entlang auf Ediger zu, Papa sagte aber nichts, und auch ich sagte nichts, sondern ich schaute mir nur die Mosel an. Die Musik in meinem Kopf war nicht mehr da, nur noch ein ganz kleines bißchen. Ich wünschte mir, dass Papa etwas sagen würde, aber er sagte nichts, und da hatte ich plötzlich den Verdacht, dass jetzt vielleicht mit ihm etwas nicht stimmte. Ich schaute ihn aber nicht an, nein, ich schaute ihn lieber nicht an, sondern ich fragte ihn nur, was er denn heute Morgen in der Zeitung so alles gelesen habe und was es denn Neues über den Papst und das Konzil in Rom gebe. Da räusperte sich Papa etwas, und dann sagte er, dass das Konzil jetzt die Aufgabe habe, die Kirche zu erneuern und dass niemand so richtig wisse, wie man das mache, die Kirche erneuern. Ich fragte ihn, was man denn erneuern wolle, was denn genau. Papa sagte, der Papst wolle zum Beispiel die alten, steifen Gewänder ablegen und die Papstkrone nicht länger mehr tragen und sich nicht mehr auf einem Sessel über den Petersplatz tragen lassen. Stattdessen wolle der Papst neue, frische und helle Gewänder anziehen und zu Fuß über den Petersplatz gehen, das sei zum Beispiel eine Neuerung. Ich sagte, dass ich es sehr schade finde, wenn der Papst seine Krone nicht mehr trage und sich nicht mehr auf dem Sessel tragen lasse und nur noch helle Gewänder trage, weil nämlich die Krone und der Sessel und die dunklen Gewänder sehr feierlich und festlich seien. Und dann sagte ich noch, dass eigentlich jeder zu Fuß über den Petersplatz gehen könne, das könne schließlich jeder, und weil es schließlich jeder könne, brauche es der Papst nicht zu tun. Der Papst solle vielmehr tun, was nicht jeder tue oder könne, also zum Beispiel sich auf einem Sessel tragen lassen.

Wir haben dann während der ganzen Wanderung bis Ediger darüber nachgedacht, wie man die Kirche erneuern könne, und am Ende hatte ich eine kleine Liste mit lauter Erneuerungen im Kopf.

Wie man die Kirche erneuern könnte

In den Kirchen sollte es viel mehr Blumen geben.
Die Orgel sollte viel mehr spielen, auch lange Stücke, besonders nach dem Gottesdienst.
In jeder Messe sollte es viel Weihrauch geben.
Der Priester sollte alles schön laut in Latein vorlesen und einiges Latein ins Deutsche übersetzen.
Während der Kommunion sollte es nicht nur die Hostie, sondern auch Wein geben.
Für Kinder sollte es statt des Weins Traubensaft geben.
Es sollten noch viel mehr Kirchenlieder gesungen werden.
In den Hochämtern sollte nicht gepredigt werden.
Es sollte überhaupt kürzer gepredigt werden, jede Predigt sollte nicht länger dauern als fünf Minuten.
Die Kirchenglocken sollten vor jeder Messe ordentlich läuten, und zwar an jedem Tage anders.

Wir kamen dann am späten Mittag in Ediger an, und der kleine Ort Ediger gefiel mir sofort, ich weiß auch nicht warum. Am Moselufer standen viele Häuser dicht nebeneinander, und vom Ufer aus führten dann viele schmale Gassen von der Uferstraße aus in den Ort. Die schmalen Gassen verliefen aber meist parallel, eine neben der anderen, das sah sehr ordentlich und schön aus, als habe irgendjemand das alles ganz genau so geplant.

In Ediger hatten wir wieder ein »Privatquartier« gebucht, und so suchten wir nach dem Privatquartier der Familie M., und wir fanden es auch ganz leicht. Direkt unter dem Dach des Hauses der Familie M. waren Papa und ich in einem großen Zimmer untergebracht. Besonders schön aber war, dass das Haus der Familie M. ein Fachwerkhaus war. Papa sagte dann, ich solle einmal einige Minuten allein in unserem Zimmer bleiben, er komme gleich wieder. Ich verstand nicht, warum ich allein bleiben sollte, und ich wusste auch nicht, warum Papa allein irgendwohin ging und warum ich nicht mitkommen konnte. Ich blieb aber, wie Papa gesagt hatte, allein in unserem Zimmer und wartete auf Papa, ich setzte mich an das Fenster und wartete.

Schon nach ein paar Minuten war Papa aber wieder zurück, und dann sagte er, dass ich mit ihm kommen solle und dass es jetzt für mich eine einmalige, ganz besondere Überraschung gebe. Ich ging dann mit Papa in die Wohnung der Familie M., und in der Wohnung wartete Frau M. auf uns und sagte, dass ich mich neben das Telefon stellen sollte, weil gleich ein Anruf für mich komme. Ich war ganz erstaunt und verstand überhaupt nicht, was los war, ich stellte mich dann aber neben das schwarze Telefon und wartete, da klingelte das Telefon auch schon. Frau M. sagte, ich solle den Hörer abnehmen und meinen Namen nennen, und da nahm ich den Hörer ab und nannte meinen Namen. Da aber hörte ich am anderen Ende der Leitung Mamas Stimme, ich hörte sie ganz deutlich und genau, es war die Stimme meiner liebsten Mama. Ich wusste überhaupt nicht, was ich sagen sollte, so überrascht war ich, Mama aber sprach sehr schön und deutlich und sagte, dass sie sich sehr freue, dass es uns beiden, Papa und mir, so gut gehe. Ich antwortete »ja, es geht uns beiden wirklich sehr gut, es ist nur schade, dass Du nicht bei uns bist«. Da sagte Mama, dass ich doch genau wisse, warum sie nicht mit uns gekommen sei, nämlich, weil sie während solcher Wanderungen Herzschmerzen bekomme und weil ihr Herz nicht ganz in Ordnung sei. Ich wusste das schon, ja, ich wusste, dass Mama sich nicht überanstrengen und deshalb nicht wandern durfte, Papa und Mama hatten es mir ja in Köln immer wieder gesagt und erklärt. Deshalb antwortete ich »ja, ich weiß ja Bescheid«, und dann erzählte ich Mama von meinem Klavierspiel am Vormittag und dass so viele Leute zugehört und geklatscht hatten. Mama freute sich sehr über meine Erzählung, und dann fragte sie mich noch einige Sachen, ob ich genug Wäsche dabei habe, ob ich genug Obst esse und ob Papa nicht am Tag zu viele Kilometer mit mir gehe. Ich antwortete, dass alles, aber auch alles in Ordnung sei und dass das Wandern mit Papa sehr sehr schön sei. Dann aber wollte ich Mama noch etwas zum Schluß sagen, nämlich dass ich sie gern habe und mich freue, sie bald wieder zu sehen. Frau M. und Papa standen aber neben mir, und weil sie so dicht neben mir standen und genau zuhörten, was ich sagte, konnte ich das alles nicht richtig sagen. Ich sagte also nur »tschüs, liebe Mama«, und Mama sagte »bis bald, mein lieber Junge«, und dann nahm Papa den Hörer in seine Hand und sprach noch ein paar Worte mit Mama. Papa sprach aber sehr ruhig und schön und deutlich, es war alles mit ihm in Ordnung, und deshalb sagte Papa noch zum Schluss: »Schön, dass es geklappt hat, ich danke Dir, es ist nun wieder alles in Ordnung.«

Ich fand auch, dass alles wieder in Ordnung war. Ich hatte keinen Kloß mehr im Hals, und die blöden Tränen, die rollten auch nicht mehr einfach so, wie sie gerade wollten. Ich fragte Papa, von wo aus Mama mit mir gesprochen habe, da sagte Papa, dass Mama von der Wohnung unserer Kölner Nachbarn aus mit uns gesprochen habe. Da verstand ich, dass Papa unser Zimmer allein verlassen hatte, um unsere Kölner Nachbarn anzurufen und Mama ans Telefon zu bekommen. Ich sagte aber nichts, erst als wir draußen im Freien und unter uns waren, sagte ich etwas zu Papa, und dann sagte ich, dass es eine sehr gute Idee gewesen sei, die Mama anzurufen, und dass jetzt wirklich alles, aber auch alles wieder in Ordnung sei.

Ich bemerkte, dass Papa sich freute und dass er erleichtert war, dass alles wieder in Ordnung war, denn er nahm mich an der Hand und sagte: »Komm, jetzt gehen wir in der Mosel schwimmen, das magst Du doch so, und dann essen wir etwas Obst, und am Nachmittag machen wir einen wunderschönen weiten Spaziergang durch die Weinberge und ich erzähle Dir etwas vom Wein, und am Abend gehen wir zusammen fürstlich in einem Weinhaus essen, das magst Du doch auch.« Ich schaute Papa an, und dann sagte ich, dass er der beste Papa sei, den es gebe, und dass ich mich auf das alles sehr freue und dass jetzt wirklich, aber auch ganz wirklich alles in Ordnung sei.

Mamas Stimme

Mamas Stimme war sehr ruhig und klang etwas tiefer als sonst. Ich glaube, Mama hatte vor unserem Telefongespräch lange gelesen. Wenn sie lange gelesen hat, klingt ihre Stimme nämlich viel tiefer als sonst. Erst nach einer Weile klingt ihre Stimme dann wieder normal, und erst nach einiger Zeit verspricht sich Mama nicht mehr, sondern spricht wieder richtig und ordentlich.

Wir holten dann unser Schwimmzeug und gingen an die Mosel, und dann badeten und schwammen wir in der Mosel, und ich tauchte wieder, und ich öffnete unter Wasser die Augen, und es war alles in Ordnung. Später las ich weiter in den »Fury«-Geschichten, und ich las, wie der junge Joey lernte, das Lasso richtig zu werfen. Wir aßen etwas Obst, und Papa las in dem Buch »Der Knabe im Brunnen«, und manchmal richtete er sich während des Lesens auf und schaute auf den Fluss und sagte nichts.

So wurde es früher Nachmittag, da packten wir unser Schwimmzeug wieder zusammen und gingen in unser Zimmer zurück, und Papa legte sich wieder eine halbe Stunde auf das Bett, um sich auszuruhen. Ich aber schrieb rasch eine Postkarte an Mama.

Postkarte 13

Liebe Mama, es war sehr schön, Deine Stimme zu hören. Ich war ganz überrascht, weil Papa mir gar nicht gesagt hatte, dass ich Deine Stimme hören würde. Weil ich so überrascht war, habe ich nicht richtig sprechen können. Und außerdem standen Papa und Frau M. neben mir, die hörten jedes Wort, das ich sagte. Deshalb habe ich dann noch weniger richtig sprechen können. Es war aber dennoch sehr schön. Bis sehr bald herzliche Grüße von Deinem Bub

Am Nachmittag sind Papa und ich dann hinauf in die steilen Weinberge von Ediger gegangen, und Papa hat mir erklärt, dass die Weinstöcke in Ediger auf Schieferböden wachsen, und dann habe ich auch den Schiefer erkannt, denn zwischen den Weinstöcken lagen lauter kleine graue Stücke von Schiefer. Die Schieferstücke blitzten in der Sonne, und sie blitzten ganz blank, und es gab zwischen den Weinstöcken fast gar kein Unkraut, sondern nur braune Erde und kleine Stücke von Schiefer. Papa sagte, dass der Wein sehr viel Sonne und Wärme brauche und dass deshalb die Schieferstücke so wichtig seien. Die Schieferstücke würden nämlich viel Sonne und Wärme speichern, so dass es in den Weinbergen, selbst wenn es sonst kalt sei, noch immer etwas Wärme gebe, und die Wärme komme einzig und allein von den kleinen Schieferstücken. Ich müsse mir die Schieferstücke also wie kleine Öfen vorstellen oder wie kleine Briketts, die glühen und glühen, die Schieferstücke brächten den Weinbergen an der Mosel die Wärme, und das sei für die Weinberge an der Mosel ein Glück.

Wir wanderten dann in den Weinbergen immer weiter hinauf in die Höhe, bis Papa beschloss, eine kleine Pause zu machen und einen Rebstock zu zeichnen. Und dann setzte er sich hin und zeichnete einen Rebstock, und ich setzte mich dicht neben ihn und schaute ihm zu, wie er einen Rebstock zeichnete. Der Rebstock wurde aber von einer Stange gehalten, und um die Stange schlängelte sich das Grün, als wäre es wahrhaftig eine Schlange, die hinauf zur Sonne wollte. Ich sagte Papa, dass er eine sehr schöne Zeichnung von einem Rebstock gezeichnet habe, und da sagte Papa, dass er den Rebstock für mich gezeichnet habe und dass er mir seine Zeichnung schenke. Dann riß Papa die Zeichnung vom Rebstock aus seinem Skizzenbuch und schenkte sie mir, und ich freute mich und gab ihm zum Dank einen dicken Kuß auf die Stirn.

Danach gingen wir noch ein Stück weiter, und dann erreichten wir eine kleine Kapelle, die Kreuzkapelle von Ediger. Papa sagte, dass es in dieser schönen Kapelle etwas Besonderes zu sehen gebe, und wir gingen hinein und schauten uns ein Relief an, auf dem der Herr Jesus das schwere Kreuz trug und gleichzeitig von einem Schraubstock fest gepresst wurde. Der Herr Jesus trug also das Kreuz, und gleichzeitig stand er in einem hölzernen Ding und wurde von einem Schraubstock gepresst. Ich fragte Papa, was das hölzerne Ding sei, und Papa sagte, das hölzerne Ding sei eine Presse oder eine Kelter, und in einer solchen Kelter oder Presse würden die Weintrauben zu Wein gepresst. Der Herr Jesus stand also in einer Kelter oder Presse, und weil er die Trauben mit seinen nackten Füßen presste, wurde Wein aus den Trauben, und der Wein vermischte sich dann mit dem Blut, das aus den Händen des Herrn Jesus floß, weil er ja der Herr Jesus am Kreuz war. Der Wein und das Blut flossen also zusammen, und der Herr Jesus hatte sehr viel zu leiden, noch mehr, als wenn er nur am Kreuz gehangen hätte.

Ich schaute mir den Herrn Jesus in der Kelter sehr genau an, und dann hatte ich ihn im Kopf, ganz genau, sein starres

Gesicht, seine großen Augen, seine langen Haare, seinen grünen Schurz und die Ströme von Blut, die aus seinen beiden Händen und aus seiner Seite und aus seinen beiden Füßen quollen. Die Ströme von Blut hatten aber genau dieselbe rote Farbe wie die Trauben oder der Wein, es war ein sehr dunkles und kräftiges und schillerndes Rot, und ich schaute mir das kräftige Rot besonders genau an, und dann sagte ich Papa, dass ich den Herrn Jesus noch nie so gesehen habe, noch nie in einer Kelter und noch nie mit den Füßen die Trauben tretend. Ich fragte Papa, ob er den Herrn Jesus in der Kelter zeichnen wolle, und Papa sagte »nein«, es sei zu schwierig, den Herrn Jesus in der Kelter zu zeichnen. Da sagte ich, dass ich aber sehr gern ein Bild oder ein Foto von dem Herrn Jesus in der Kelter haben würde, und ich fragte Papa, ob ich ein Foto machen solle. Papa aber sagte wieder »nein, bitte nicht«, ich solle bitte kein Foto machen, ich solle mir vielmehr den Herrn Jesus in der Kelter genau einprägen und durch das genaue Einprägen zu einer bleibenden Erinnerung machen. Ich habe dann auch kein Foto gemacht, aber später, am Abend, als wir wieder in Ediger waren, habe ich eine Postkarte gefunden, auf der der Herr Jesus in der Kelter und die Kreuzkapelle von Ediger abgebildet waren. Papa hat mir die Postkarte gekauft, und so habe ich nun doch noch ein Foto vom Herrn Jesus in der Kelter, weil ich nämlich nicht genau weiß, ob der Herr Jesus in der Kelter für mich wirklich eine bleibende Erinnerung bleiben wird.

In Ediger sind wir dann am Abend, als wir von unserem Gang in die Weinberge zurück waren, in einem sehr schönen Weinhaus zu Abend essen gegangen. Weil es noch so warm und hell war, konnten wir auf der Terrasse zu Abend essen. Wir hatten einen schönen Ecktisch, von dem aus wir direkt auf die Mosel schauen konnten. Papa hat gesagt, dass er während des Abendessens eine kleine Weinprobe mit Wein aus Ediger zelebrieren wolle, denn der heutige Tag sei unser »Tag des Weins und des Weinbergs«. Und so hat Papa während des Abendessens lauter kleine Proben Wein serviert bekommen. Die Proben waren in winzigen Gläsern, und Papa brauchte immer nur wenige Schlücke, um eine Probe zu trinken. So konnte er auch viele Proben trinken und nicht nur zwei oder drei. Papa hat zu den kleinen Proben eine Platte mit Käse und später noch einen Salat gegessen, und ich habe mir eine Platte mit gekochtem Schinken und vielen Gurken bestellt.

Während unseres Abendessens und während der Weinprobe hat Papa mir dann auch gezeigt, wie das »Zelebrieren« so geht. Das »Zelebrieren« ist nämlich, wie Papa gesagt hat, kein einfaches Trinken oder Probieren des Weins, sondern ein feierliches, festliches Trinken des Weins mit allen Sinnen. Es geht so, dass man den Wein zuerst mit den Augen und dann mit der Nase erkundet. Man schaut sich also an, wie der Wein aussieht und beschreibt seine Farbe. Dann riecht man den Wein und beschreibt, wie er riecht oder duftet. Und erst dann nimmt man den ersten Schluck, und zwar einen sehr kleinen. Den sehr kleinen Schluck lässt man auf der Zunge liegen oder »schweben«, wie Papa gesagt hat, und erst nach einer Weile lässt man ihn durch die Gurgel gleiten und abstürzen. Dann erlebt man den Nachgeschmack und nimmt rasch einen zweiten Schluck, um den Geschmack des Weins noch genauer heraus zu bekommen.

Papa hat mir das »Zelebrieren« mehrmals vorgeführt, und dann immer genau beschrieben, wie der Wein aussieht, wie er duftet und wie er schmeckt. Und dann haben wir auch für mich eine Probe Traubensaft bestellt, und ich habe mir den Traubensaft angeschaut, beschnüffelt und probiert. Und dann habe ich auf meinen Notizzetteln notiert, was ich über den Traubensaft herausbekommen hatte: Er sieht »hellgelb« aus, er riecht »zart«, und er schmeckt »lieblich«.

Wie der Wein ausschaut

Wässerig
Blass
Hellgelb
Goldgelb
Fuchsig

Wie der Wein riecht

Flüchtig
Duftig
Fruchtig
Blumig
Würzig

Wie der Wein schmeckt

Fein
Süffig
Glatt
Markig
Groß

Weil wir zu Abend gegessen und gleichzeitig eine Weinprobe gemacht haben, haben wir viel länger für das Abendessen gebraucht als sonst. Ich habe Papa gefragt, woher er so viel über den Wein wisse, und Papa hat gesagt, dass er schon ein wenig über Wein gewusst habe, jetzt aber sehr viel über Wein wisse, weil er viel in dem Buch des Schriftstellers Stefan Andres über die großen Weine Deutschlands gelesen habe. Ich fragte Papa, ob ich auch etwas in diesem Buch lesen solle, Papa meinte aber, das sei nicht nötig, das meiste in diesem Buch sei »Wein-Chinesisch«, und dieses »Wein-Chinesisch« bräuchte ich in meinem Alter noch nicht zu kennen. Später bräuchte ich es aber vielleicht, später vielleicht, denn es könne ja sein, dass auch ich später so wie er Freude am Weintrinken habe und das Weintrinken so wie er genieße. Da antwortete ich, dass ich fest glaube, später einmal Freude am Weintrinken zu haben, jetzt aber natürlich noch nicht. Und wenn ich später Freude daran habe, dann sei es ja ganz einfach, sofort etwas über Wein zu erfahren. Ich brauche dann ja nur das Buch über die großen deutschen Weine aufzuschlagen, und dann wisse ich einfach alles über den deutschen Wein.

Als es schon ganz dunkel war, sind wir dann in unser »Privatquartier« zurück gegangen, und wir haben beide sehr fest geschlafen. Dieser Tag war ein sehr schöner Tag, und wir hatten beide sehr viel erlebt, noch mehr als an den anderen Tagen, als wir auch schon sehr viel erlebt hatten.

30. Juli 1963

Am nächsten Morgen zeigte Papa mir beim Frühstück die Karte von der Mosel, in die er manchmal hinein schaut. Dabei hat Papa mir die Strecke gezeigt, die wir an diesem Tag wandern wollten. Wir wollten an diesem Tag nämlich eine große Schleife der Mosel entlang wandern und mittags eine Rast in Sankt Aldegund machen. Von Sankt Aldegund wollten wir dann weiter nach Alf gehen, und in Alf wollten wir die Fähre hinüber nach Bullay nehmen. Papa meinte, dass wir schon am frühen Nachmittag in Bullay seien und dass wir es deshalb noch schaffen könnten, am späten Nachmittag hoch auf die Marienburg zu gehen, die gegenüber von Bullay auf der Höhe liege.

Weil wir so viel vorhatten, frühstückten wir etwas weniger als sonst, das war aber nicht schlimm, weil wir am Abend zuvor ja noch sehr spät etwas gegessen hatten. Wir waren also gar nicht hungrig, und weil wir kaum Hunger hatten, packten wir uns nur etwas Obst ein für unsere Wanderung und ließen die meisten anderen Frühstückssachen stehen.

Es war wieder ein sehr warmer Sommertag, und als wir loszogen, brannte uns die Sonne ordentlich ins Gesicht. Papa war vom vielen Wandern schon sehr braun, das war aber kein Wunder, denn Papa wird sehr schnell braun, wenn die Sonne scheint. Schon wenn sie ein bißchen scheint, wird er gleich braun, während ich nur an den Händen braun werde, im Gesicht aber werde ich nicht so schnell braun wie Papa, sondern etwas langsamer, dann aber auch richtig.

Das Braunwerden

Wenn die Sonne scheint, wird Papa im Gesicht sehr schnell braun, und die Leute, die ihn nicht kennen, fragen ihn dann, ob er im Süden oder in Ferien gewesen sei. Ich dagegen werde, wenn die Sonne scheint, sehr schnell blond, das heißt, meine Haare werden blond und immer blonder, wie helles Stroh. Wenn die Sonne aber wieder verschwindet, werden meine Haare sofort wieder dunkler, während Papas Gesicht noch etwas braun bleibt.

Als wir etwa eine Stunde gegangen waren, sahen wir auf der anderen Seite der Mosel eine große Ruine. Die Ruine stand direkt am Moselufer, und sie sah aus wie eine Kirche. Papa wusste nicht, was das für eine Ruine war, aber er hatte ja einen Führer dabei, in dem wir nachlesen konnten, was es für eine Ruine war. Wir setzten uns also auf das Mäuerchen, und Papa las, was in dem Führer über die Ruine geschrieben stand. Als er es durchgelesen hatte, sagte er mir, dass die Ruine ein früheres Kloster mit Namen Stuben sei. In diesem Kloster hätten im Mittelalter einmal viele Nonnen gelebt, mit der Zeit sei das Kloster aber verfallen und jetzt sei von dem ganzen Kloster kaum noch etwas zu sehen außer der alten Klosterkirche. Papa sagte, dass die alte Ruine ein »malerischer Anblick« sei, und als er das sagte, wusste ich gleich, dass wir unsere Wanderung nun unterbrechen würden, weil Papa die Ruine zeichnen wollte. Genau so kam es denn auch: Papa zeichnete die Ruine, und ich lief ein wenig auf dem Mäuerchen entlang und ging hinunter an das Ufer der Mosel und ließ die Steine über das Wasser flitzen.

Wenn Papa zeichnet

Wenn Papa sich etwas anschaut, bleibt er manchmal stehen und schaut sich etwas Bestimmtes länger als sonst an. Dann hat er meistens etwas entdeckt, das er zeichnen möchte. Wenn er so etwas entdeckt hat, steht sein Mund etwas offen, als wollte er gleich etwas sagen. Papa sagt dann aber meistens nichts, höchstens sagt er mal »aha!« oder »na sowas!« oder »erstaunlich!« Manchmal setzt Papa auch seine Brille auf oder ab, und manchmal putzt er sogar seine Brille. Danach zeichnet er, und das Zeichnen geht dann sehr schnell und dauert nur ein paar Minuten.

Als Papa fertig war mit dem Zeichnen, zeigte er mir seine Zeichnung, und ich wunderte mich wieder einmal, wie genau Papa zeichnen konnte und wie schnell so etwas ging. Papa sagte aber, es sei keine richtige Zeichnung, sondern nur eine Skizze, aus der später vielleicht einmal eine richtige Zeichnung entstehen könne. Ich sagte Papa, dass bestimmt noch niemand diese Ruine so gut und genau gezeichnet habe wie er, da aber antwortete Papa, dass er wetten könne, dass es sehr viele gute Zeichner gebe, die diese Ruine bereits gezeichnet hätten und dass er nach unserer Rückkehr nach Köln einmal in einigen Büchern nachschauen werde, wer diese Ruine oder die vielen anderen Burgen an der Mosel noch alles gezeichnet habe. Papa fand diese Idee sogar so wichtig, dass er sie in sein kleines Notizbuch notierte. Das ist mir besonders aufgefallen, denn Papa notiert so etwas sonst nicht in sein Notizbuch, weil in seinem Notizbuch höchstens solche Sachen wie Adressen, Telefonnummern, Buchtitel, Weinsorten oder die Abfahrtszeiten von Zügen stehen.

(Als wir später wieder in Köln waren, hat Papa wahrhaftig in vielen Büchern nach Zeichnungen der Burgen und Orte an der Mosel gesucht, und während seines Suchens hat er, wie er gesagt hat, einen »phantastischen Fund« gemacht. Der »phantastische Fund« bestand aus Skizzen und Bildern eines englischen Malers, den Papa mehr mag als alle anderen Zeichner und Maler. Dieser Zeichner und Maler heißt William Turner, und Papa hat in Köln ein dickes Buch gefunden, in dem die Skizzen und Zeichnungen von William Turner enthalten sind, die William Turner während einer Moselreise vor über hundertfünfzig Jahren gezeichnet und gemalt hat. Papa hat mir dann alle Skizzen und Zeichnungen, die William Turner während seiner Moselreise gemacht hat, gezeigt, und ich habe raten müssen, was auf der Skizze oder dem Bild dargestellt ist. Ich habe sehr vieles, aber nicht alles erkannt. Die Klosterruine mit Namen Stuben habe ich aber gleich erkannt, so schnell wie kaum etwas auf den anderen Skizzen.)

Der Zeichner und Maler William Turner

Der Zeichner William Turner ist Papas Lieblingszeichner, weil er sehr schnell und doch sehr genau zeichnen konnte, und das sogar während einer Reise oder von einem Schiff aus. Papa sagt, der Zeichner William Turner habe immer gleich »das Richtige« gesehen, auf den ersten Blick das Richtige und Wichtige. Und nur dieses Richtige und Wichtige habe er dann gezeichnet, und alles andere, das Unwichtige also, habe er fortgelassen. Der Zeichner William Turner lebte von 1775 bis 1851, er war auch in Köln und hat Köln gemalt und gezeichnet.

Am Mittag sind wir in Sankt Aldegund angekommen, aber wir hatten noch immer keinen großen Hunger, und so haben wir am Rhein etwas Obst gegessen und uns weiter unterhalten. Ich habe Papa gefragt, ob er schon als kleiner Junge viel gewandert sei, aber Papa hat gesagt, dass er als kleiner Junge überhaupt nicht gewandert sei, weil er damals überhaupt keine Zeit für so etwas wie Wandern gehabt habe. Er sei aber jeden Tag zu Fuß zum Bahnhof nach W. gegangen, und das sei ein Weg von fast einer Stunde gewesen. In W. habe er den Zug nach B. genommen, und dort sei er dann noch einmal zwanzig Minuten bis zum Gymnasium zu Fuß gegangen. Er sei also jeden Tag ordentlich viel zu Fuß unterwegs gewesen, aber ein Wandern sei das natürlich nicht gewesen. Wenn er am Nachmittag wieder zu Hause auf dem Bauernhof gewesen sei, habe er mit seinen Geschwistern auf dem Feld arbeiten oder in der Gastwirtschaft aushelfen müssen. In den Ferien habe er übrigens auch auf dem Feld arbeiten oder in der Gastwirtschaft aushelfen müssen, seine Eltern hätten nämlich überhaupt kein Geld gehabt, um mit ihren vielen Kindern in die Ferien zu fahren. Man sei also immerzu zu Hause gewesen, auf dem Bauernhof und in der Gastwirtschaft an der Nister, dort habe man gearbeitet und noch einmal gearbeitet, ich könne mir gar nicht vorstellen, wie viel man damals habe arbeiten müssen. Ich sagte, dass ich mir das langweilig vorstelle, immerzu zu Hause zu bleiben und zu arbeiten und nirgendwo hin zu wandern, da aber sagte Papa, das Leben in seiner Kindheit und Jugend sei nicht langweilig gewesen, jedenfalls habe er es nicht als langweilig empfunden. Und dann sagte er noch, dass man es mit dem Reisen auch übertreiben könne. Heutzutage zum Beispiel würde viel zuviel gereist, viele Menschen seien ja nur noch unterwegs, und dieses ewige Unterwegssein sei dann beinahe noch langweiliger als das ewige Zuhausesein. Ich fragte Papa, ob wir es im Augenblick auch übertreiben würden mit dem Unterwegssein, Papa aber sagte, »neinnein«, wir würden es nicht übertreiben. Wir wären jetzt nämlich nur noch einige Tage unterwegs, und dann würden wir in den Westerwald und später nach Köln fahren und dort würden wir uns von unserer Reise und Wanderung erholen und die ganze Reise und Wanderung noch einmal im Kopf nacherleben. Darauf aber komme es an: Die Reise noch einmal im Kopf nachzuerleben und sich richtig Zeit dafür zu nehmen, sie im Kopf nachzuerleben. Ich fragte Papa, ob er mit dem Nacherleben das Reisetagebuch meine, das ich im Westerwald und in Köln dann schreiben werde, und Papa sagte, »ja, genau«, das zum Beispiel meine er. Ich werde an dem Reisetagebuch arbeiten, und wir würden unsere Fotos entwickeln lassen und einkleben, und außerdem würden wir uns unsere Postkarten und all das anschauen, was wir während der Fahrt geschrieben und gezeichnet hätten, all das meine er mit dem Nacherleben.

Von Sankt Aldegund bis nach Alf war es dann nur noch eine halbe Stunde, und in Alf haben wir eine Fähre genommen und sind auf der Fähre hinüber nach Bullay gefahren. Dort haben wir unser Quartier schnell in der Nähe des Bahnhofs gefunden. Es war eine sehr schöne Pension mit Namen »Pension Calliari«. Die Zimmer waren mit vielen alten Möbeln eingerichtet, und auch das Haus war ein großes, altes Haus, und Papa sagte, es sei ein beinahe »herrschaftliches Haus«. Neben dem herrschaftlichen Haus gab es sogar eine richtige Liegewiese mit einem kleinen Brunnen und Sonnenschirmen und Liegestühlen. Und da hat Papa vorgeschlagen, dass wir uns auf dieser Liegewiese etwas ausruhen, etwas Gutes trinken und etwas lesen. Genau so haben wir es dann auch gemacht: Ich habe eine »Sinalco« getrunken, und Papa hat einen Sprudel getrunken, und dann haben wir beide etwas gelesen und uns ein wenig im Schatten unter den Liegestühlen ausgeruht.

Postkarte 14

Liebe Mama, wir wohnen hier in Bullay in einem herrschaftlichen Haus. Die Decken der Zimmer sind alle sehr hoch, und es gibt vor jedem Fenster lange Vorhänge, von der Decke bis zum Boden. Es riecht in dem Haus auch herrschaftlich, nämlich stark nach Zigarre und ein wenig nach Wein. Gerade ruhen wir uns auf der Liegewiese aus. Es ist schön, dass es Ferien gibt und man in den Ferien nicht arbeiten muss. Herzliche Grüße von Deinem Bub

Nach dem Ausruhen sind wir dann über eine Eisenbahnbrücke noch einmal auf die andere Seite der Mosel gegangen. Auf der Eisenbahnbrücke fuhren die Züge ganz dicht neben uns her, und wir hatten einen schönen Blick auf Bullay. Wir sind dann einen Berg hinauf zur Marienburg gewandert, und ich habe Papa noch einmal etwas über das Wandern gefragt. Ich habe ihn nämlich gefragt, wann er eigentlich mit dem Wandern begonnen habe, und Papa hat geantwortet, dass er erst während des Studiums mit dem richtigen Wandern begonnen habe. Damals sei er neunzehn Jahre alt gewesen, und er habe damals während seines Studiums in Bonn einen guten Freund gehabt, mit dem er viel zusammen gewandert sei. Zusammen mit seinem Freund sei er den Rhein entlang gewandert, und auch die Sieg seien sie entlang gewandert, und auch den Main und die Donau – die seien sie auch entlang gewandert, immer an großen und schönen Flüssen seien sie entlang gewandert. Ich fragte Papa, warum er denn immer an Flüssen entlang gewandert sei, und Papa hat geantwortet, dass an schönen Flüssen besonders schöne Orte und Städte liegen würden und dass der Anblick eines schönen Flusses sehr beruhige und sehr tief in die Seele gehe. An Flüssen und am Meer seien die Menschen meistens auch etwas ruhiger und besonnener, und das gefalle ihm eben, wenn Menschen ruhig und besonnen und nicht nervös und durchgerädert seien. Ich fragte Papa, ob er selbst oft in seinem Leben nervös oder durchgerädert gewesen sei, und Papa antwortete, »nein«, nicht sehr oft, aber er sei manchmal zwar nicht nervös, wohl aber sehr unruhig gewesen. Vor allem als Soldat während des Krieges sei er eigentlich ununterbrochen unruhig gewesen, furchtbar unruhig, und er habe damals nicht einmal daran geglaubt, dass er diese furchtbare Unruhe wieder loswerden würde. Ich fragte Papa dann noch, ob er die furchtbare Unruhe denn jetzt losgeworden sei, und da antwortete Papa, »ja«, inzwischen sei er diese Unruhe wohl losgeworden.

Ich fragte Papa danach nichts Weiteres über die furchtbare Unruhe und den Krieg, weil ich weiß, dass Papa nicht gern über den Krieg spricht. Papa ist damals für einige Jahre Soldat gewesen, und ich weiß, dass er während dieser Zeit als Soldat viele, viele Fotos gemacht hat. Papa hat mir jedoch noch nie eines dieser Fotos gezeigt. (Als ich ihn später in Köln einmal gefragt habe, warum er mir seine Fotos aus dem Krieg nicht zeigt und warum wir den Krieg nicht auch nacherleben, hat Papa gesagt, dass er den Krieg um keinen Preis nacherleben wolle und dass er sich nichts Furchtbareres vorstellen könne als den Krieg nachzuerleben. Ich habe dann nicht weiter nach den Fotos und nach dem Krieg gefragt, weil Papa sehr ernst geworden ist, als ich ihn nach den Fotos und nach dem Krieg gefragt habe.)

Von der Marienburg aus hatten wir eine wunderbare Aussicht auf das ganze Moseltal, und zwar auf beiden Seiten, denn die Mosel floss auf der rechten und der linken Seite des Berges, auf dem die Marienburg liegt. Papa hat mir erklärt, dass die Marienburg einmal ein großes Kloster und später eine Art Burg gewesen, danach aber verfallen sei. Wir haben uns die ganze Umgebung genau angeschaut, und Papa hat seine Karte hervor geholt und mir auf der Karte noch einmal die ganze Umgebung gezeigt, damit ich sehen kann, wie die Mosel hier bei Bullay eine große Schleife macht.

Als wir wieder zurück nach Bullay gegangen sind, hat Papa plötzlich von allein angefangen, vom Wandern zu erzählen, und er hat gesagt, dass er mit seinem Freund während des Studiums auch auf einem Fahrrad unterwegs gewesen sei. Dieses Fahrradfahren fiel Papa ganz zufällig ein, und so erzählte er mir davon, und er fragte mich, ob ich Lust habe, auch einmal eine kleine Strecke mit dem Fahrrad entlang der Mosel zu fahren. Ich fragte Papa, woher wir denn die Fahrräder nehmen sollten, da sagte er, dass er Fahrräder beschaffen werde, das werde er schon schaffen, das schaffe er.

Und da antwortete ich, dass ich sehr gern einmal mit dem Fahrrad ein Stück fahren würde. »Gut«, hat Papa gesagt, dann werde er sich um Fahrräder kümmern.

Als wir in Bullay waren, hat sich Papa gleich um Fahrräder gekümmert, und ich bin noch einmal auf die Liegewiese der »Pension Calliari« gegangen und habe dort auf Papa gewartet. Ich habe etwas mit einem Ball gespielt, und ich bin mit nackten Füßen in das Wasser des Springbrunnens gegangen, und als es nichts mehr zu spielen gab, habe ich weiter die »Fury«-Geschichten gelesen.

Es dauerte gar nicht lange, da kam Papa mit zwei Fahrrädern zurück, und er sagte, er habe die Fahrräder von dem Bahnhofsvorsteher von Bullay geliehen bekommen. Die beiden Fahrräder waren ganz schwarz und etwas schwer, und ich bin auf eines der Fahrräder gestiegen und auf der Straße vor unserer Pension hin und her gefahren. Das Fahren war sehr schön, aber ich musste sehr aufpassen, damit ich auch das Gleichgewicht hielt. Mein Fahrrad in Köln ist viel leichter und kleiner, und mit diesem Fahrrad ist es ganz einfach, im Gleichgewicht zu bleiben. Die schwarzen Fahrräder in Bullay aber waren sehr schwer, und am Anfang meines Fahrens auf diesen Fahrrädern bin ich etwas hin und her geschwankt. Papa hat gesagt, wir würden jetzt eine Abendfahrt mit dem Fahrrad machen, und dann sind wir an die Mosel gefahren und dann auf unserer Rädern ein kleines Stück an der Mosel entlang.

Weil es an der Mosel sehr flach war, kamen wir sehr schnell voran. Das Fahrradfahren war etwas ganz anderes als das Wandern, denn wir kamen beim Fahrradfahren ganz mühelos voran, ohne uns anzustrengen. Wir brauchten nur ein wenig in die Pedale zu treten, da rollten die Fahrräder schon beinahe von allein, und wir saßen dann auf den Rädern, als würden die Fahrräder mit uns davon galoppieren. Während der Fahrradfahrt dachte ich wirklich immer wieder, dass wir auf unseren Rädern auf und davon galoppierten, aber als ich das Papa später erzählte, meinte er, ich hätte wohl in meinen »Fury«-Geschichten gelesen, und die »Fury«-Geschichten hätten mich nun auf den Gedanken gebracht, auf einem Pferd zu galoppieren. Ich wunderte mich, wie Papa darauf gekommen war, und ich sagte Papa, es stimme, dass ich in den »Fury«-Geschichten gelesen habe und dass ich mir jetzt vorkomme wie der kleine Joey, der auf Fury davon galoppiert. Und da lachte Papa und machte richtig Fahrt, und wir sind noch eine Weile an der Mosel entlang und dann wieder nach Bullay zurück gefahren.

Während des Abendessens in einem Mosel-Restaurant in der Nähe unserer Pension haben wir dann überlegt, ob wir morgen einmal den ganzen Tag mit dem Fahrrad fahren sollten. Ich habe es mir sehr gewünscht, und da hat Papa »in Ordnung« gesagt, und wir haben beschlossen, am nächsten Tag mit dem Fahrrad von Bullay nach Traben-Trarbach zu fahren. Ich habe panierten Fisch mit Kartoffelsalat gegessen, und Papa hat wieder eine Forelle mit viel Salat gegessen. In dem Raum, in dem wir gegessen haben, stand ein Klavier, und Papa und ich haben einen Blick auf das Klavier geworfen. Papa hat mich gefragt, ob ich Klavier spielen wolle, ich wollte aber nicht, und das habe ich ihm auch gesagt. Da hat Papa wieder »in Ordnung« gesagt und dass vielleicht auch zu viele Leute da seien und dass wir uns einmal einen Ort für das Klavier spielen aussuchen würden, wo überhaupt keine Menschen seien und wo ich in Ruhe Klavier spielen könne.

Bullayer Brautrock

Papa hat ein Glas »Bullayer Brautrock« getrunken, und da habe ich Papa gefragt, woher der Name kommt. Papa hat erzählt, dass ein armer Graf einmal seinen Sohn mit einem reichen Mädchen verheiraten wollte, um selbst reich zu werden. Eigentlich hätte er die Hochzeit seines Sohnes bezahlen müssen, das konnte er aber nicht. Da bezahlte der Vater des Mädchens die Hochzeit, indem er einen Weinberg des armen Grafen zum Pfand nahm. Nach der Hochzeit aber schenkte der Vater des Mädchens diesen Weinberg seiner Tochter und setzte fest, dass der Sohn des armen Grafen nicht an dem Weinberg verdienen dürfe.

Wir waren sehr müde, und wir sind dann in die »Pension« zurück gegangen. Auf der Liegewiese haben sich noch ein paar Menschen unterhalten, weil dort Kerzen und Fackeln brannten. Ich bin gleich auf unser Zimmer gegangen, und Papa ist noch für eine halbe Stunde zu den Leuten auf die Liegewiese gegangen. Ich habe dann noch die »Fury«-Geschichten zu Ende gelesen und noch eine Karte an Mama geschrieben.

Postkarte 15

Liebe Mama, stell Dir vor: Wir sind heute Abend Fahrrad gefahren! Es ging so schnell wie der Blitz, und es hat sehr viel Spaß gemacht. Ich dachte dauernd, ich würde Fury reiten, so schnell ging es, wie im Galopp. Morgen fahren wir ein großes Stück auf Rädern die Mosel entlang, ich voran, Papa hinterher. Der Sand wird stauben, und ich werde Furys Gewieher hören, und ich werde das Lasso schwingen. Herzliche Grüße von Deinem Bub

31. Juli 1963

Am Morgen haben wir in der herrschaftlichen »Pension Calliari« auch sehr herrschaftlich gefrühstückt. Die Frau, die uns das Frühstück brachte, hat uns nämlich gefragt, ob wir ein Rührei oder ein Spiegelei zum Frühstück wünschten, und da hat Papa gesagt, wir wünschten uns ein Rührei und ein Spiegelei mit etwas Speck. Wir haben während unserer ganzen Moselreise bisher noch kein Rührei und auch kein Spiegelei mit Speck bekommen, schon das zeigt, wie herrschaftlich die »Pension Calliari« war. Wir haben aber nicht nur Rührei und ein Spiegelei mit Speck bekommen, sondern auch noch frischen Orangensaft und dunkles Knäckebrot und eine Marmelade mit Orangenschalen darin. Wir haben uns bei der Frau, die uns das Frühstück gebracht hat, sehr bedankt, und Papa hat der Frau gesagt, dies sei das bisher beste Frühstück unserer Moselreise gewesen. Die Frau hat sich darüber gefreut, und dann hat sie mir eine Ansichtskarte mit einem Foto der Pension geschenkt, auf dem auch die Liegewiese drauf war. Ich habe mich auch noch einmal bedankt, und dann sind Papa und ich auf die Fahrräder gestiegen und sind losgefahren.

Frühstücken

Am liebsten frühstücke ich frische Brötchen, und am allerliebsten frühstücke ich die Brötchen, die es bei den Bäckern im Westerwald gibt. Auch die Wurst von den Metzgern im Westerwald frühstücke ich gern, während wir in Köln keine Wurst zum Frühstück frühstücken. Auch Käse frühstücken wir in Köln nicht zum Frühstück, wir frühstücken fast nie Käse zum Frühstück, sondern wir essen den Käse fast immer am Abend zum Abendbrot. Wir frühstücken also entweder dunkles Brot mit etwas frischer Butter und ein klein wenig Marmelade, oder wir frühstücken Brötchen mit etwas frischer Butter und sehr viel Marmelade. In Köln haben wir drei oder vier verschiedene Marmeladen, und auch die bringen wir aus dem Westerwald mit. Die leckersten sind die Himbeer-Marmeladen, die Oma mit den Himbeeren aus Omas und Opas Garten selbst macht. Wir frühstücken nicht sehr lange, und Papa sagt, wir frühstückten viel kürzer als andere Familien. Einmal hat er auch gesagt, es gebe Familien, deren ganze Vormittage nur aus Frühstücken bestehen würden. Ich weiß nicht, ob er das ernst gemeint hat. Ich jedenfalls kann mir nicht vorstellen, wie man einen ganzen Vormittag lang frühstücken kann, ohne dass einem langweilig wird.

Als wir mit den Fahrrädern losgefahren sind, habe ich wie gestern Abend fest in die Pedale getreten. Ich bin so schnell gefahren, dass Papa nicht hinterher gekommen ist. Das aber habe ich zuerst überhaupt nicht bemerkt. Ich bin gefahren und gefahren, und erst dann habe ich bemerkt, dass Papa überhaupt nicht zu sehen war. Ich habe dann gehalten und darauf gewartet, dass Papa kam. Papa aber kam erst nach einer Weile, und er sagte dann, ich solle nicht so schnell fahren, sondern mir die Kraft einteilen. Ich habe ihm gesagt, dass ich für das Radfahren keine Kraft bräuchte, weil das Fahrrad ja beinahe von allein laufe, Papa aber hat gesagt, das sei eine Täuschung, ich werde schon noch sehen, wie viel Kraft man zum Radfahren bräuchte.

Ich bin dann etwas langsamer gefahren, aber Papa ist trotzdem sehr weit hinter mir geblieben, so dass ich ihn oft nicht mehr sehen konnte. Während des Radfahrens habe ich dauernd die warme und dann wieder die kalte und wieder die warme Luft gespürt. Es war, als würde ich durch kleine Wolken fahren, von denen einige sehr warm und andere sehr kalt waren. Die warmen und die kalten kleinen Wolken habe ich während des Wanderns überhaupt nicht bemerkt, jetzt aber, während des Radfahrens, habe ich sie andauernd bemerkt. Ich habe auch die Insekten und die Fliegen und die Mücken bemerkt. Wenn ich sehr schnell gefahren bin, sind mir immerzu irgendwelche Viecher ins Gesicht und manchmal sogar direkt ins Auge geflogen. Dann musste ich stehen bleiben, um die Viecher wieder aus dem Auge zu bekommen. Manchmal klebten sie auch in meinen Haaren und oder an den Fingern, und einmal krabbelten sogar Ameisen meinen nackten Rücken hinauf. Da musste ich mein Hemd ausziehen, und dann habe ich mein Hemd geknotet und mir mit dem geknoteten Hemd auf den nackten Rücken gehauen, bis sie fort waren. Papa hat gelacht, und dann hat er wieder gesagt, ich solle endlich langsamer fahren. Wenn ich langsamer fahre, hat er dann noch gesagt, gebe es keine Mücken und Fliegen, und außerdem sei es sicherer, langsamer zu fahren, am Ende rase ich vor lauter Schnellfahren noch in die Mosel.

Papa hatte Angst, dass ich in die Mosel rase, weil unser Weg wirklich sehr dicht an der Mosel entlang führte. Der Weg war etwas holprig und schmal, und mir fiel auf, dass es überhaupt keine Dörfer oder Orte mehr gab, sondern nur noch den Weg und links die Mosel und noch weiter links die Weinberge. Während des Fahrradfahrens konnte ich mir die Gegend aber nicht mehr richtig anschauen, stattdessen musste ich dauernd auf den holprigen Weg achten, und so habe ich fast die ganze Zeit lang auf den Weg vor mir geachtet. Als ich das bemerkt habe, habe ich verstanden, warum Papa so langsam gefahren ist. Papa hat nämlich nicht nur auf den Weg, sondern auch auf die Gegend geachtet, und als ich ihn später gefragt habe, ob das stimme, hat er »ja, natürlich« gesagt, und weiter hat er gesagt, dass das Radfahren einen eben auch ablenken könne und wir deshalb, weil das Radfahren einen oft ablenke, auch nur ein kleines Stück mit dem Fahrrad an der Mosel entlang fahren würden. Als Papa das sagte, hatte ich schon fast keine Lust mehr, mit dem Rad weiter zu fahren, ich habe das aber nicht gesagt, sondern ich bin weiter gefahren, jetzt aber viel langsamer und dann genau so langsam wie Papa. Wir sind also schließlich dicht hintereinander an der Mosel entlang gefahren, und ich habe mir Mühe gegeben, nicht nur den Weg vor uns, sondern auch die Gegend um uns herum anzuschauen.

Radfahren

In Köln fahren Papa und ich oft mit dem Rad am Rhein entlang. Manchmal fahren wir auch über eine Brücke hinüber zum anderen Rheinufer. Wir fahren aber nie lange, höchstens ein oder zwei Stunden. An der Mosel fahre ich zum ersten Mal einen ganzen Tag lang Fahrrad. Das ist ganz schön anstrengend, und ich möchte es nicht jeden Tag machen.

Wir sind dann noch etwas langsamer als zuvor die Mosel-Schleife entlang gefahren, und der Weg war weiter sehr holprig und schmal. Plötzlich aber hat es immer dunklere Wolken gegeben, und Papa hat immer wieder in den Himmel geschaut und gesagt, er hoffe nur, dass es kein großes Gewitter gebe. Weil es ein Gewitter hätte geben können, sind wir dann wieder etwas schneller gefahren. Ich konnte jetzt aber nicht mehr ganz so schnell fahren wie am Morgen, denn ich war schon etwas müde, und ich hatte auch keine große Lust mehr, immer wieder in die Pedale zu treten. Als Papa und ich zu Fuß gingen, habe ich das Zu-Fuß-Gehen fast gar nicht bemerkt. Als wir aber Rad fuhren, habe ich das Radfahren bald bemerkt, vor allem das In-die-Pedale-Treten. Ich habe mir Mühe gegeben, schneller zu fahren, da aber habe ich wieder bemerkt, wie schwer das Rad eigentlich war, richtig schwer und schwerfällig, als wollte es nicht von mir gefahren werden.

Der Himmel wurde immer dunkler und dunkler, und dann kam auch der Wind, und der Wind wurde dann stärker und stärker und war richtig zu spüren. Als er gegen uns blies, konnte ich kaum noch fahren, so schwer ging das Fahren, und ich bin weit hinter Papa zurück geblieben. Als Papa das bemerkt hat, haben wir an einem Campingplatz einen Halt gemacht. Wir haben die Räder auf den Campingplatz geschoben und sind in ein kleines Campinghaus am Eingang des Campingplatzes gegangen, wo es für die Leute, die auf dem Campingplatz wohnten, etwas zu essen und zu trinken gab. Wir haben dann jeder eine Bratwurst mit viel Senf und einem Stück Brot gegessen, und wir haben etwas getrunken.

In dem kleinen Campinghaus, das aus Holz war und in dem es sehr seltsam roch, waren außer uns gar keine Leute. Die Campingleute waren vielmehr in ihren Zelten oder in ihren Campingwägen, aber wir haben sie nicht gesehen. Wir haben gegessen und getrunken, und dann hat plötzlich das schwere Gewitter begonnen. Es hat mächtig geblitzt, und der Blitz war sehr hell und sehr scharf, und dann kam ein lauter Donner, mehrmals, immer wieder, als würde direkt über uns mit schweren Steinkugeln geschossen. Ich war sehr erschrocken, aber Papa hat gesagt, ich solle keine Angst haben, in dem Campinghaus könne uns nichts passieren. Es hat dann aber furchtbar zu regnen begonnen, und das Regenwasser hat so laut auf das Dach des Campinghauses geprasselt, dass ich wieder Angst bekam. Während es regnete, sind dann aber auch die Campingleute aus ihren Zelten und Campingwägen gekommen. Wir haben sie gesehen, wie sie die Köpfe aus ihren Zelten steckten und wie sie an den Fenstern der Campingwägen erschienen. Einige haben sich vielleicht auch etwas gefürchtet, denn einige sind mitten durch den prasselnden Regen zu uns in das Campinghaus gekommen, und dann haben sie an den Fenstern gestanden und sich unterhalten und hinaus in den Regen geschaut.

Es sah so aus, als wollte der Regen überhaupt nicht mehr aufhören, so hat er geprasselt. Papa aber hat gesagt, wir müssten jetzt nur etwas Geduld haben, denn wenn der Regen aufhöre, sei die Luft klar und nicht mehr so schwül, und in der klaren und nicht mehr so schwülen Luft könnten wir dann wunderbar Fahrrad fahren. Ich hatte überhaupt keine Lust mehr, Fahrrad zu fahren, aber ich habe nichts gesagt, sondern nur genickt. Ich wollte aber nicht mehr nach draußen in den Regen schauen, und Papa hat gemerkt, dass mit mir etwas nicht stimmte. Da hat er gesagt, ich solle doch in meinen »Fury«-Geschichten lesen. Ich habe geantwortet, dass ich keine Lust mehr habe, in den »Fury«-Geschichten zu lesen und dass ich jetzt lieber mal etwas anderes lesen würde. Da hat Papa mir »Der Knabe im Brunnen« von Stefan Andres gegeben, und ich habe begonnen, »Der Knabe im Brunnen« zu lesen.

Das Gewitter

Das Gewitter hat lange gewartet. Wir haben schon längst gewusst, dass ein Gewitter kommen würde, aber das Gewitter wollte nicht kommen. Dann ist ein starker Wind gekommen und hat das Gewitter vorbereitet. Und dann ist das Gewitter gekommen: Erst ein Blitz, dann der Donner, dann wieder ein paar Blitze, dann wieder der Donner. Ich habe die Schultern hochgezogen und die Luft angehalten. Und dann hat es geregnet, und zwar gleich auf einmal ganz stark und überall, wie bei der Schleuse, als das Schleusentor runter ging und das Wasser herein strömte. Die Leute im Campinghaus haben sehr leise gesprochen, und es sind immer mehr Campingleute in das Campinghaus gekommen. Die Campingleute haben nichts gegessen oder getrunken, Papa und ich waren die Einzigen, die etwas gegessen und getrunken haben. Dafür haben dann aber viele Männer geraucht, und nach einer Weile, als sehr viele Campingleute im Campinghaus waren, haben so viele Männer geraucht, dass wir in lauter Rauchwolken saßen.

Ich las also »Der Knabe im Brunnen«, und ich versuchte, das Buch zu verstehen. Das war aber nicht einfach, weil die Leute in dem Buch ganz anders sprechen als in anderen Büchern. Ich habe Papa die Stellen gezeigt, wo die Leute anders sprechen, und Papa hat gesagt, die Leute im Buch von Stefan Andres sprächen moselländischen Dialekt und damit so, wie die meisten Leute hier eben sprächen. Papa hat mir einige Stellen im moselländischen Dialekt vorgelesen, das haben die Leute im Campinghaus auch gehört, und dann sind einige zu uns gekommen und haben uns gefragt, was das denn für ein Buch sei. Die meisten Leute kannten das Buch nicht, aber sie haben dann mit uns hinein geschaut, und einer von ihnen hat gesagt, er werde die Stellen im mosselländischen Dialekt jetzt mal richtig vorlesen. Er hat sie dann auch laut vorgelesen, und die anderen Leute haben zugehört und immer wieder gelacht, obwohl die Stellen nicht komisch waren. Ich habe den mosselländischen Dialekt ziemlich gut verstanden, es war gar nicht so schwer. Und als ich dann wieder allein in dem Buch gelesen habe, habe ich die Stellen im mosselländischen Dialekt so gehört, wie sie der Mann vorgelesen hatte.

Der Knabe im Brunnen

Das Buch ist keine richtige Geschichte, sondern eine Lebensbeschreibung. Es gibt in dem Buch also sehr wenig, was richtig spannend ist, dafür aber sehr viel, an das sich der Junge, von dem die Geschichte handelt, erinnert. Der Junge erinnert sich nämlich einfach an alles: Wie er in seinem kleinen Bett gelegen hat, was er seine Geschwister und seinen Vater alles gefragt hat, wo er gewohnt hat. Der Junge hat in einer richtigen Mühle gewohnt, und sein Vater hat ihm erklärt, wie die Mühle arbeitet. Ich glaube, der Junge hat seinen Vater sehr gemocht, denn er erzählt sehr viel von seinem Vater. Der Vater des Jungen war auch ein guter Erklärer (so wie Papa).

Als ich eine Weile in dem Buch gelesen hatte, kam der Mann, der die Stellen im mosselländischen Dialekt laut vorgelesen hatte, wieder an unseren Tisch und sagte ganz erstaunt, dass ich sehr seltsam lesen würde. »Wieso seltsam?«, hat Papa ihn gefragt, und da hat der Mann gesagt, dass ich die Seiten sehr schnell umblättern würde. Da hat Papa gelacht und gesagt, dass ich wirklich ein sehr schneller Leser sei und dass ich ein solches Buch in zwei Tagen lesen würde, wenn ich etwas Zeit zum Lesen habe. Da hat der Mann mir das Buch aus den Händen genommen und laut gerufen, dass die anderen einmal herhören sollten. Und dann hat er gerufen, dass ich ein so dickes Buch in zwei Tagen lesen würde. Die anderen Leute haben mich alle angestarrt, und dann hat ein anderer Mann das Buch in die Hände genommen und nachgeschaut und gesagt, das Buch habe über dreihundert Seiten. »Dreihundert Seiten liest Du in zwei Tagen?«, hat er mich gefragt, und ich habe »ja, das geht schon« gesagt. Da hat ein anderer Mann gesagt, dass ich einmal »ein gelehrtes Haus« werden würde, doch Papa hat »neinnein« gesagt, ich würde kein »gelehrtes Haus«, sondern ein Klavierspieler. Da waren alle noch mehr erstaunt und haben wieder »allerhand« gesagt, ganz oft, »allerhand allerhand«.

Allerhand

Allerhand ist ein blödes Wort. Ich weiß gar nicht genau, was es bedeutet. Papa sagt, es bedeute soviel wie »Donnerwetter«. Ich finde »Donnerwetter« viel schöner als »allerhand«. Wieso aber sagt man eigentlich »Donnerwetter«, wenn man sagen will, dass man etwas zum Staunen findet? Und wieso sagt man »allerhand«? Papa wusste es auch nicht genau, aber er hat gesagt, dass wir so etwas in Trier herausbekommen würden. In Trier gebe es nämlich große Buchhandlungen, und da würden wir hinein gehen und in einem Buch nachschlagen, warum die Menschen »allerhand« und »Donnerwetter« sagen würden, wenn sie etwas zum Staunen finden.

Weil ich wusste, dass Trier der letzte Ort und das Ziel unserer Moselreise sein würde, fragte ich Papa, wann wir in Trier ankommen würden. Papa sagte, dass wir heute Abend in Traben-Trarbach übernachten und morgen dann mit dem Zug nach Trier fahren würden. Er zeigte mir auch die Karte von der Mosel, damit ich verstand, warum wir nicht auch noch die restlichen Orte der Mosel bis nach Trier besuchten. Papa sagte nämlich, dass es nicht in allen Orten zwischen Traben-Trarbach und Trier eine Eisenbahn gebe, wohl aber in Traben-Trarbach, so dass wir von Traben-Trarbach aus in einem Stück nach Trier fahren könnten. Dass wir die restlichen Orte an der Mosel nicht alle noch sehen würden, sei aber nicht schlimm, schließlich wisse ich ja nun genau, wie es an der Mosel ausschaue, ja, das wisse ich jetzt ziemlich genau. Statt alle restlichen Orte an der Mosel anzuschauen, wollten wir lieber noch zwei, drei Tage in Trier verbringen. In Trier gebe es nämlich sehr viel zu sehen, denn Trier sei die Hauptstadt des Mosellandes und außerdem sei Trier eine uralte römische Stadt mit einem großen, mächtigen Dom und mit vielen anderen interessanten Bauten, von denen wir uns einige ansehen würden.

Schließlich aber sagte Papa noch, dass er überlege, ob wir uns morgen früh nicht doch noch einen einzigen Moselort anschauen sollten. Dieser Ort heiße Bernkastel-Kues, und es sei ein Ort, der eigentlich aus zwei Orten, nämlich aus Bernkastel und Kues, bestehe. Ich fragte Papa, warum wir uns Bernkastel-Kues noch anschauen sollten, da sagte Papa, dass in Bernkastel-Kues einer der wichtigsten Männer des

Mittelalters geboren worden sei. Dieser Mann heiße Nikolaus von Kues, und er sei später ein großer Kardinal in Rom in der Nähe des Papstes gewesen. In Kues stehe das Geburtshaus dieses großen Mannes, und es reize ihn sehr, dieses Geburtshaus zu sehen, auch wenn das Geburtshaus zu sehen für mich vielleicht etwas langweilig sei.

Ich sagte Papa, dass ich mir das Geburtshaus des großen Mannes auch gern einmal anschauen würde und dass ich in Bernkastel-Kues dann weiter in dem Buch »Der Knabe im Brunnen« lesen werde, während Papa sich dann alles um das Geburtshaus herum noch genauer anschauen könne. Papa sagte, er lasse sich das alles noch einmal durch den Kopf gehen und außerdem müsse er sich erkundigen, wie wir von Traben-Trarbach nach Bernkastel-Kues kämen und dann wieder zurück. Zu Fuß könnten wir die Strecke morgen jedenfalls nicht gehen, denn zu Fuß sei eine solche Strecke zu weit.

Der große Mann aus Kues

Papa interessiert sich sehr für den großen Mann aus Kues. Wie von dem römischen Dichter Ausonius, so hat er auch von dem großen Mann aus Kues ein kleines Buch dabei. Auch das Buch des großen Mannes aus Kues ist lateinisch. Es heißt »De visione Dei«, und das heißt auf Deutsch: »Das Sehen Gottes.« Ich habe Papa gefragt, ob »Das Sehen Gottes« ein schwieriges Buch sei, da hat Papa geantwortet, »nein, gar nicht«. Und weiter hat er gesagt, dass er mir einige Stellen aus dem Buch des großen Mannes aus Kues vorlesen werde, und zwar solche, die ich sofort verstehen und für immer behalten werde.

Wir haben ziemlich lange in dem Campinghaus gesessen, und ich habe viel in dem Buch von Stefan Andres gelesen. Dann aber wurde es draußen immer klarer und heller, und so haben wir uns von den Campern verabschiedet und sind wieder auf die Fahrräder gestiegen. Ich habe Papa gefragt, ob wir auch einmal irgendwo campen würden, da aber hat Papa gesagt: »auf gar keinen Fall, nein, das nicht.« Ich hatte eigentlich auch keine große Lust zum Campen, wohl aber zum Zelten, deshalb habe ich Papa gefragt, ob wir nicht wenigstens einmal irgendwo zelten könnten. Da hat Papa geantwortet, Zelten sei etwas anderes, zelten würden wir schon bald einmal zusammen, aber wir würden nicht auf einem Campingplatz zelten, sondern in der freien, stillen Natur.

Zelten

Ich freue mich sehr auf das Zelten. Papa und ich werden in das Zelt hinein kriechen und uns auf den Rücken legen und an die Decke des Zeltes schauen. Dann werden wir uns etwas erzählen. Wir werden unter dicken Decken und auf einer Luftmatratze liegen, und wir werden alle Geräusche der Natur genau hören. Vielleicht werden wir vor unserem Zelt auch ein Lagerfeuer machen, dann werden wir zelten wie die Indianer, und ich werde Papa Indianer-Geschichten vorlesen. Ich werde meine schönen Indianer-Fotos zum Zelten mitnehmen, ich meine die alten Fotos, auf denen die Indianer auf einem Berg stehen und in eine Schlucht blicken und etwas in die Schlucht rufen.

Wir sind dann auf unseren Rädern weiter Richtung Traben-Trarbach gefahren, und die Luft war so gut, dass Papa mehrmals gerufen hat »riech mal, riech mal die gute Luft!« Die gute Luft war noch kühl, und sie hat sehr stark nach feuchter Erde und Wasser und modrigen Blättern gerochen. So sind wir langsam nach Traben-Trarbach gekommen, und als wir ankamen, habe ich gleich gesehen, dass auch Traben-Trarbach ein Ort war, der aus zwei Orten besteht. Traben-Trarbach besteht nämlich aus Traben auf der einen Moselseite und Trarbach auf der anderen Moselseite. Zwischen den beiden Orten gibt es eine richtige Brücke, und oberhalb von Trarbach gibt es eine alte Burg. Papa sagte, dass wir nicht in Trarbach, sondern in Traben wohnen würden, und zwar wieder in einem »Privatquartier«. Wir haben das »Privatquartier« bei der Familie U. dann auch schnell gefunden, und dann haben wir unsere Sachen ausgepackt, und Papa hat sich etwas ausgeruht. Ich aber habe draußen, auf einer kleinen Schaukel, vor dem Haus der Familie U. gesessen und weiter in »Der Knabe im Brunnen« gelesen.

In den Brunnen schauen

Stefan Andres erzählt, wie der Junge einmal in den Brunnen schaut und im Brunnen sein Spiegelbild sieht. Er versteht aber nicht, dass das Spiegelbild sein Spiegelbild ist, sondern er glaubt, das Spiegelbild sei wirklich da und ein anderer wirklicher Junge. Deshalb ruft der Junge dem Spiegelbild zu, dass es aus dem Brunnen herauf kommen solle. Das Spiegelbild aber antwortet immerzu »Kommen!«, als sei es wirklich da und als könne es sprechen. Natürlich kann das Spiegelbild nicht sprechen, denn das, was es scheinbar ruft, ist nur das

Echo, das der Junge hört. Da glaubt der Junge, dass der andere wirkliche Junge, der nur ein Spiegelbild ist, ihn rufe und ihm sagen wolle, er solle in den Brunnen kommen. Gerade noch rechtzeitig bemerkt der Junge dann aber, dass es gefährlich ist, in den Brunnen zu kommen. Und so nimmt er einen Stein und wirft ihn in den Brunnen. Da verschwindet der andere Junge, der nur ein Spiegelbild ist.

Am Abend haben Papa und ich dann die Räder zum Bahnhof von Traben-Trarbach gebracht und beim Bahnhofsvorsteher abgegeben. Papa hat sich erkundigt, wie wir am nächsten Morgen rasch nach Bernkastel-Kues kommen könnten. Da hat ihm der Bahnhofsvorsteher die Abfahrtszeiten der Omnibusse genannt, die von Traben-Trarbach nach Bernkastel-Kues fahren. Papa hat sich das alles in seinem Notizbuch notiert, und dann sind wir noch etwas an der Mosel entlang spazieren und über die Brücke gegangen. An den Moselufern von Traben-Trarbach gibt es besonders schöne, sehr alte Häuser, die hat Papa mir gezeigt, und schließlich sind wir in ein Weinhaus gegangen und haben zu Abend gegessen. Papa hat eine »Winzerplatte« mit vielen verschiedenen Wurstsorten und Gurken gegessen, und ich habe ein Käsebrot mit vielen Tomaten gegessen.

Postkarte 15

Liebe Mama, heute kann ich Dir nur eine Postkarte schreiben und nicht mehrere wie sonst. Das kommt daher, dass es heute so stark gewittert hat und Papa und ich während des ganzen Gewitters in einem Campinghaus gesessen haben, in dem es keine Postkarten gab. Jetzt sitzen wir in Traben-Trarbach und essen zu Abend, und Papa trinkt ein Glas »Kröver Nacktarsch«. Morgen fahren wir zum großen Mann von Kues. Herzlich grüßt Dich Dein Bub

Als wir in unser »Privatquartier« gingen, hat mir Papa noch die Geschichte von den Weinlagen »Kröver Nacktarsch« und »Zeller Schwarze Katz« erzählt. Im »Privatquartier« der Familie U. hat sich Papa noch etwas mit Herrn U. unterhalten, und ich habe rasch noch die beiden Geschichten notiert, die Papa mit erzählt hatte.

Kröver Nacktarsch

In einem Weinberg von Kröv durften die Helfer, die den Wein ernteten, einmal so viele Trauben mit nach Hause nehmen, wie sie ernten konnten. Da gab ihnen der Besitzer des Weinbergs vor der Ernte etwas zu essen, von dem sie Durchfall bekamen. Wegen des Durchfalls konnten sie also keine Trauben ernten, die sie hätten mit nach Hause nehmen können. Das ärgerte einen der Helfer aber so, dass er seine Hosen auszog und Trauben erntete, während sein Durchfall zwischen die Rebstöcke spritzte.

Zeller Schwarze Katz

Drei Weinhändler waren einmal in Zell und saßen in einem Weinkeller und konnten sich nicht entscheiden, welches Weinfass sie kaufen sollten. Da setzte sich eine schwarze Katze auf eines der Fässer und fauchte und fauchte. Da wussten die Weinhändler, welches der beste Wein war, denn die schwarze Katze hatte sich genau auf das Weinfass gesetzt, in dem der beste Wein war, weil sie nämlich den besten Wein nicht hergeben wollte.

1. August 1963

Gestern hatten wir in Bullay ein herrschaftliches Frühstück mit Rührei und Spiegeleiern mit Speck bekommen. Heute aber, bei der Familie U. in Traben-Trarbach, bekamen wir ein ganz einfaches Frühstück, nämlich einige Scheiben Toastbrot und etwas Marmelade und dazu noch etwas Butter. Papa sagte, es sei gut, nur ein einfaches Frühstück zu bekommen, denn wir hätten heute viel vor und könnten uns nicht lange mit dem Frühstücken aufhalten. Deshalb haben wir dann auch nur kurz gefrühstückt und sind dann mit unseren gepackten Rucksäcken zum Bahnhof von Traben-Trarbach gegangen. Die Rucksäcke haben wir beim Bahnhofsvorsteher deponiert, und dann sind wir ohne unsere Rucksäcke mit dem Omnibus nach Bernkastel-Kues gefahren.

Papa frühstückt

Ich glaube, Papa frühstückt eigentlich gar nicht so gern. Manchmal sagt er nämlich über das Frühstücken, dass es zu lang dauere oder dass es eigentlich überflüssig sei oder dass man sich nicht aufhalten solle mit dem Frühstück. Es kommt auch vor, dass er während des Frühstücks schon in eine Zeitung schaut und dann das Frühstücken vergisst. Sehr oft schaut Papa am Morgen auch in die Karte oder in ein Buch, dann vergisst er das Frühstücken erst recht. Sein Kaffee wird kalt, und wenn er bemerkt, dass sein Kaffee kalt geworden ist, sagt Papa »Na, jetzt ist der Kaffee kalt« und trinkt ihn nicht mehr und frühstückt auch nicht mehr, als sei er froh, dass er nicht mehr zu frühstücken brauche.

Fragen

Ich: Frühstückst Du eigentlich gern?
Papa: Wieso fragst Du das?
Ich: Weil ich glaube, dass Du nicht besonders gern frühstückst. Du lässt das Frühstück nämlich oft stehen und frühstückst gar nicht richtig zu Ende.
Papa: Ach so, deshalb fragst Du. Ja, weißt Du, früher, als ich ein Bub war so wie Du jetzt, da habe ich immer nur sehr eilig gefrühstückt. Weil ich ja einen langen Schulweg hatte und weil mir auch niemand ein Frühstück hingestellt hat. Meine Eltern hatten dafür gar keine Zeit, und ich selbst hatte auch nie Zeit.

Ein Schluck Kaffee, eine Scheibe Brot mit Honig, das war's, das war mein Frühstück.
Ich: Aber jetzt hast Du doch Zeit, jetzt könntest Du doch in Ruhe frühstücken.
Papa: Das stimmt, ja, jetzt haben wir Zeit, wir könnten in Ruhe frühstücken. Ich finde das Frühstück aber nicht so wichtig, ich finde es wichtiger, früh loszuziehen und den Tag früh und vor allem frisch zu beginnen. Langes Frühstücken macht müde und dumm.
Ich: Meinst Du das ernst?
Papa: Halb ernst. Müde macht langes Frühstücken auf jeden Fall, und etwas dumm macht es auch.

Der Omnibus schaukelte ziemlich stark an der Mosel entlang, und wir fuhren dann durch Kröv (das Kröv mit dem »Nacktarsch«) und später durch Uerzig und noch später durch Wehlen, und in allen Orten erzählte Papa mir Geschichten von den Weinlagen, deren Namen manchmal auch in großen Buchstaben hoch oben in den Weinbergen standen. Noch am Vormittag kamen wir in Bernkastel-Kues an, und Papa sagte: »Na, habe ich nicht recht gehabt? Ist es nicht gut, dass wir schon so früh hier ankommen und nicht erst gegen Mittag?« Natürlich hatte Papa recht, es war gut, schon so früh anzukommen, denn so hatten wir Zeit, von Bernkastel aus über die Brücke hinüber nach Kues und dort an der Mosel zu Fuß entlang zu gehen.

Direkt am Moselufer von Kues haben wir dann auch das Geburtshaus des großen Mannes aus Kues gefunden. Papa hat erzählt, dass Nikolaus von Kues eigentlich Niklas Kryffts hieß und dass, wenn man Niklas Kryffts übersetzt, Nikolaus

Krebs heraus kommt. Nikolaus von Kues hieß also eigentlich Nikolaus Krebs, und Papa hat mir dann auch den roten Krebs gezeigt, den Nikolaus von Kues in seinem Wappen hatte. Es war ein sehr schöner roter Krebs mit sehr vielen roten Beinen an beiden Seiten. Die roten Beine sahen aus wie kleine Ruder, und vorne am Kopf hatte der rote Krebs zwei Antennen zum Steuern. Der Vater von Nikolaus von Kues war ein reicher Schiffersmann, der so viel Geld hatte, dass er seinen Sohn studieren lassen konnte. Nikolaus von Kues hat dann auch viel studiert, zunächst hat er noch in Deutschland, dann aber hat er auch in Italien studiert. Er lernte sehr gut Latein und Griechisch, und er wurde schon als junger Mann sehr geachtet, weil er so klug war, viele Sprachen sprach und auch viel von der Philosophie verstand.

Das alles erklärte mir Papa, und dann sagte Papa, dass er sich das Geburtshaus jetzt einmal etwas genauer anschauen werde und dass ich vielleicht so lange etwas lesen solle. Ich habe mich dann ganz nahe ans Ufer der Mosel gesetzt, und dort habe ich weiter in dem Buch »Der Knabe im Brunnen« gelesen, in dem ich auch gestern Abend im Bett noch etwas gelesen hatte. Beim Lesen kam ich an eine Stelle, wo der kleine Junge mit seiner Mutter zum ersten Mal nach Trier fährt. Trier ist für den kleinen Jungen etwas ganz Besonderes, schon ewig hat er sich auf Trier gefreut, und als er mit der Mutter im Zug nach Trier unterwegs ist, summt sogar der Wind in den Telegraphenstangen »Trier-Trier-Trier«. Als der kleine Junge dann mit seiner Mutter in Trier ist, findet er es in Trier sehr schön. Es gibt viel Neues und Großes zu sehen, und der Junge staunt viel über all das Neue und ist sehr begeistert.

Vorfreude auf Trier

Trier wird der Höhepunkt unserer Reise sein. In Trier werden wir – wie der kleine Junge in dem Buch von Stefan Andres – die »Porta Nigra« und den Dom sehen. Ich bin sehr gespannt auf Trier, und ich habe eine richtige Vorfreude. Papa hat gesagt, es werde in Trier auch noch zwei ganz besondere Überraschungen für mich geben, eine große und eine halbgroße. Mehr hat er nicht verraten. Ich bin richtig gespannt. Am Abend werden wir in Trier sein.

Papa ist dann zu mir ans Ufer der Mosel gekommen, da war es beinahe Mittag. Papa hat sich neben mich auf die Moselwiese gelegt, und dann hat Papa wieder über den großen Mann aus Kues gesprochen, und ich habe wieder bemerkt, dass der große Mann aus Kues Papa wirklich sehr beeindruckt hat. Ich habe Papa nach dem kleinen Buch gefragt, in dem er gelesen hat, und Papa hat gesagt, dass Nikolaus von Kues geschrieben habe, dass der liebe Gott uns immerzu anschaue und auf uns schaue, dass wir sein Anschauen aber nicht immer bemerkten oder nicht daran dächten. Der liebe Gott schaue uns aber an, damit auch wir ihn anschauten und zurück schauten, ja der liebe Gott freue sich, wenn wir ihn anschauten, dann nämlich schaue er noch stärker und froher zurück als sowieso schon. Ich habe zu Papa gesagt, dass ich ganz genau wisse, dass der liebe Gott uns alle anschaue und uns zuschaue. Der liebe Gott schaue uns immerzu an, während des ganzen Tages und während der ganzen Nacht, habe ich gesagt. Und weil der liebe Gott uns immerzu anschaue, bräuchten wir uns keine Sorgen zu machen, habe ich gesagt. Wir könnten aber nicht den ganzen Tag und die ganze Nacht zurückschauen, denn dazu hätten wir einfach nicht immer Zeit. Wohl aber könnten wir den lieben Gott doch in der Kirche und beim Beten anschauen, das könnten wir. Ich jedenfalls glaube, habe ich gesagt, dass es dem lieben Gott genüge, wenn wir ihn in der Kirche und beim Beten anschauten, denn dann wisse er genau, dass wir ihn nicht vergessen hätten und uns daran erinnerten, dass er uns immerzu anschaut und bei uns ist.

Papa war sehr erstaunt über das, was ich alles gesagt habe, und er hat das auch gesagt, dass er sehr erstaunt sei und dass das, was ich gesagt habe, sich beinahe so anhöre, als habe es ein Theologe gesagt. »Vielleicht wirst Du ja einmal ein Theologe«, hat Papa da gesagt, aber ich habe geantwortet, dass ich kein Theologe werden möchte, sondern ein guter Klavier- oder Orgelspieler. Und weiter habe ich zu Papa noch gesagt, dass in dem Buch »Der Knabe im Brunnen« der kleine Junge manchmal auch Sachen sagt, die die Erwachsenen etwas Besonderes und klug finden, und dass die Erwachsenen dann auch jedes Mal sagen, dass aus dem kleinen Jungen bestimmt einmal ein Theologe oder Pastor werde. Und weiter habe ich noch gesagt, dass der kleine Junge wohl mit der Zeit selbst geglaubt habe, einmal ein Theologe zu werden, ja er habe sogar daran geglaubt, einmal ein großer Bischof zu werden wie der große Nikolaus von Kues. Denn der große Nikolaus von Kues sei das Vorbild des kleinen Jungen gewesen. Da hat Papa gelacht und sich über mein Lesen gefreut und gesagt, ein Bischof brauche aus mir nicht zu werden, das nicht, er jedenfalls sei sehr froh, wenn aus mir ein guter Klavier- oder Orgelspieler werde, denn die guten Klavier- und Orgelspieler schaue der liebe Gott besonders gern an.

Orgel spielen

Es stimmt, was Papa gesagt hat. Ich habe schon auf einigen Orgeln gespielt, und jedes Mal, wenn ich in einer Kirche auf einer Orgel gespielt habe, habe ich genau gemerkt, dass der liebe Gott mich anschaut und mir genau zuhört. Wenn ich auf der Orgel spiele, spiele ich also nicht nur für die Leute im Gottesdienst, sondern vor allem auch für den lieben Gott. Ich glaube, dass der liebe Gott die schönen Kirchenlieder am liebsten mag. Der liebe Gott mag die schönen Kirchenlieder noch mehr als die Stücke, die die Komponisten für den lieben Gott geschrieben haben. Von den Stücken der Komponisten mag der liebe Gott am liebsten die sehr schöne Toccata von Charles Widor, die so klingt, als sei sie sehr schwer zu spielen. Sie ist aber nicht schwer zu spielen, ich habe sie schon oft gespielt, und zwar immer am Ende des Gottesdienstes.

Nach unserem Gespräch über den lieben Gott und den großen Mann aus Kues sind Papa und ich dann über die Moselbrücke zurück nach Bernkastel gegangen. Wir sind durch die schönen Gassen von Bernkastel gegangen und haben uns die schönen, alten Häuser von Bernkastel sowie den Marktplatz angeschaut. Da gerade Mittag war, war es in Bernkastel sehr still, und so gefiel Papa und mir Bernkastel ganz besonders, denn in Bernkastel waren sehr viele schöne alte Häuser wie in Cochem und in Beilstein, es war aber in Bernkastel nicht so voll wie in Cochem und Beilstein. »Gut, dass wir noch nach Bernkastel-Kues gefahren sind«, hat Papa gesagt, und ich habe geantwortet, dass mir Bernkastel-Kues wirklich sehr gefalle und dass die Fremden hier nicht wie im Film herum laufen würden und auch nicht immerzu auf der Suche nach einem Restaurant wären. »Richtig«, hat Papa gesagt, und dann hat er noch gesagt, dass auch wir nicht auf der Suche seien, sondern uns hier direkt, auf den schönen Marktplatz, setzen würden, um »eine Kleinigkeit« zu essen.

Es gab auf dem schönen Marktplatz von Bernkastel-Kues denn auch ein gutes Restaurant mit einer Terrasse, und so haben wir uns auf die Terrasse gesetzt. Papa hat vor lauter Vergnügen vor sich hin gepfiffen, so sehr hat er sich über den schönen Tag in Bernkastel-Kues gefreut. Und dann haben wir zwei große Forellen (also jeder eine ganze) gegessen und dazu Salat und Butterkartoffeln, und Papa hat diesmal nicht nur ein Glas Wein, sondern zwei Gläser Wein getrunken. Der Wein hieß »Wehlener Sonnenuhr«, nach dem Ort Wehlen, durch den wir am Vormittag mit dem Bus gefahren waren. Papa hat gesagt, dass man von dem Wein »Wehlener Sonnenuhr« immer zwei Gläser und nicht nur ein Glas trinken müsse, das stehe nämlich auf jeder Flasche des Weins »Wehlener Sonnenuhr«. Da habe ich gesagt, dass man zu einer ganzen Forelle auch zwei Flaschen Sprudel oder eine Flasche Sprudel und eine Flasche »Sinalco« trinken müsse, das stehe nämlich auf jeder Forelle. Da hat Papa wirklich sehr lachen müssen. Vor lauter Lachen hat er sich beinahe verschluckt, und am Ende hat er gesagt, dass aus mir vielleicht doch noch ein Theologe werden würde, denn was ich da gerade gesagt habe, sei eines sehr guten Theologen würdig. Ich habe nicht richtig verstanden, was Papa damit meinte, aber ich habe nicht nachgefragt, sondern lieber die sehr gute Forelle gegessen, die Papa für mich in schöne, kleine Stücke zerlegt hatte.

Warum ich kein Theologe oder Priester werden möchte

Weil ich nicht laufend predigen möchte
Weil ich keine Beichte hören möchte
Weil ich überhaupt von den Sünden nichts hören möchte
Weil ich nicht immerzu vom lieben Gott sprechen möchte
Weil ich den lieben Gott nicht bedrängen möchte
Weil ich lieber allein mit dem lieben Gott sprechen möchte
Weil ich Kirchenchöre nicht mag und mir als Priester oft den Gesang von Kirchenchören anhören müsste
Weil ich als Priester nicht ins Freibad gehen könnte
Weil ich als Priester auch vieles andere, das andere Menschen tun, nicht tun dürfte

Nach dem schönen Mittagessen auf dem Marktplatz von Bernkastel-Kues sind Papa und ich dann wieder mit dem Omnibus nach Traben-Trarbach zurück gefahren. Der Omnibus hat wieder furchtbar geschwankt, und es saßen außer uns nur drei Leute drin. Auch unterwegs ist fast niemand eingestiegen, und Papa hat gesagt, dass wir heute einen »Glückstag« hätten. Dass wir einen »Glückstag« bekommen würden, das habe er aber schon am Morgen gespürt, hat Papa noch gesagt, und ich habe gesagt, ich habe auch so etwas gespürt und vielleicht komme der »Glückstag« daher, dass der liebe Gott uns heute noch stärker anschaue als sowieso schon.

In Traben-Trarbach haben wir dann unsere Rucksäcke beim Bahnhofsvorsteher abgeholt, und dann sind wir mit einem Eilzug nach Trier gefahren. Ich habe die ganze Zeit aus dem Fenster geschaut, und auch Papa hat aus dem Fenster geschaut und mir die ganze Fahrt lang erklärt, was wir alles zu sehen bekamen. Schließlich sind wir auch an Schweich vorbei gekommen, und Papa hat gesagt, dass der Schriftsteller Stefan Andres in Schweich gelebt habe und dass ich ja schon wisse, dass auch die Geschichte »Der Knabe im Brunnen« in Schweich spiele. Ich habe Papa gefragt, ob wir nicht auch wegen Stefan Andres nach Schweich fahren sollten, um uns anzuschauen, wo Stefan Andres gelebt habe. Da aber hat Papa gesagt, dass wir dazu einfach keine Zeit mehr hätten und dass wir das alles vielleicht einmal während einer anderen Moselreise machen würden. Jetzt aber müssten wir dringend nach Trier, denn in Trier warte eine große Überraschung auf mich, und wir dürften die große Überraschung nicht noch weiter verschieben.

Ich war so aufgeregt, dass ich ein richtiges Magenkribbeln bekam, und ich habe Papa gefragt, ob er mir nicht wenigstens ein bißchen verraten könne, was denn die große Überraschung sei. Da aber hat Papa »auf gar keinen Fall« gesagt, und da wusste ich, dass Papa nichts, aber auch gar nichts mehr sagen würde, denn wenn Papa »auf gar keinen Fall« sagt, kann man nichts mehr dagegen machen.

Wir kamen dann am Nachmittag in Trier an, und ich habe Papa gesagt, dass ich gleich eine Postkarte an Mama schreiben wolle. Wir haben dann auch eine Postkarte gekauft, Papa aber hat gesagt, dass ich die Postkarte nicht im Bahnhof, sondern in unserem »Privatquartier« schreiben solle. Wir sind dann zum Bahnhofsvorsteher gegangen, und da habe ich gleich bemerkt, dass Papa und der Bahnhofsvorsteher sich bereits sehr gut kannten. Papa hat den Bahnhofsvorsteher umarmt, und auch der Bahnhofsvorsteher hat Papa umarmt, und dann haben beide vereinbart, wo sie sich am Abend treffen und miteinander unterhalten würden. Der Bahnhofsvorsteher hat Papa dann den Schlüssel zu einer Wohnung gegeben, und dann sind Papa und ich mit einem Taxi zu der Wohnung gefahren, die in einem großen, schönen Haus direkt am Moselufer lag. Ich habe Papa gefragt, warum er mir denn nichts von dem Bahnhofsvorsteher von Trier und von dem schönen »Privatquartier« erzählt habe. Papa aber hat nur gesagt »warte ab!«, und so sind wir ganz still die Treppenstufen zu der schönen Wohnung an der Mosel hinauf gegangen. Papa hat die Wohnung aufgeschlossen, und dann sind wir hinein gegangen und Papa hat gesagt: »Die Wohnung gehört dem Bahnhofsvorsteher. Er wohnt aber nicht in dieser Wohnung, sondern er vermietet sie an Feriengäste. Weil ich aber den Louis sehr gut kenne, wohnen wir hier umsonst. Verstehst Du?«

Ich habe gesagt, dass das wirklich eine sehr große Überraschung sei, ausgerechnet in Trier in einer so schönen Wohnung zu wohnen. Da aber hat Papa gesagt, dass die schöne Wohnung nur die halbgroße Überraschung sei und dass die große Überraschung noch komme. Ich habe ihn gefragt, wann denn die große Überraschung komme, da hat Papa auf die Uhr geschaut und gesagt: »In genau vierzig Minuten!«

Papa mag Überraschungen

Papa macht gerne Überraschungen. Von fast allen Reisen, die er macht, bringt er mir zum Beispiel eine kleine Überraschung mit. Die Überraschungen sind meist verpackt. Ich muss sie auspacken, und Papa schaut zu, wie ich sie auspacke. Wenn ich sie ausgepackt habe, sagt Papa »na?«, und dann bedanke ich mich und gebe ihm einen Kuß auf die Stirn.

Ich habe Papa gefragt, ob er die Überraschung nicht schon früher machen könne, da aber hat er gesagt, dass ich noch ein wenig lesen solle, bis die Überraschung komme. Ich konnte aber vor lauter Aufregung nicht lesen, das habe ich Papa auch gesagt. Deshalb habe ich mich an ein Fenster der Wohnung gesetzt und hinab auf die Mosel und auf die Ausflugsschiffe geschaut, und so habe ich die vierzig Minuten bis zur großen Überraschung hinter mich gebracht.

Dann aber hat es plötzlich geklingelt, und Papa hat gesagt: »Mach bitte die Tür auf, das ist jetzt die große Überraschung!« Ich habe die Wohnungstür aufgemacht und in den Hausflur geschaut, und ich war so erschrocken, dass ich gar nichts mehr sagen konnte. Im Hausflur stand nämlich die Mama, und neben der Mama stand ein kleiner Koffer, und ich habe die liebste Mama angestarrt, als würde ich sie gar nicht kennen. Mama hat gar nichts gesagt, sie hat nur ein bißchen gelächelt, und dann hat sie die Arme ausgebreitet, und ich bin zu ihr gegangen, und ich habe Mama umarmt und ganz feste gedrückt, so wie Mama mich ganz feste umarmt und gedrückt hat.

Es hat dann aber noch einige Zeit gedauert, bis ich etwas Richtiges sagen konnte, so überrascht bin ich von Mamas Erscheinen gewesen. Mama hat ihr schönes, grünes, langes Kleid getragen, das sie oft auch im Westerwald anzieht, wenn wir im Westerwald spazieren gehen zur Eiche von Paffrath oder noch viel weiter. Sie hat meine rechte Hand fest gehalten und gar nicht mehr los gelassen, und dann sind wir beide in die schöne Wohnung gegangen, und Mama hat auch Papa einen Kuß gegeben, und dann hat auch Papa der Mama einen Kuß gegeben. »Hat alles geklappt?«, hat Papa die Mama gefragt, und ich habe gesehen, wie froh die Mama war, endlich wieder bei uns zu sein. »Ihr beide seht ja urgesund aus«, hat die Mama gesagt, und dann hat sie uns von ihrer Fahrt von Köln aus hierher nach Trier erzählt, davon, was sie alles gesehen und was sie alles erlebt hat. Mama hatte meine Postkarten dabei, und während der Fahrt hat sie noch einmal alle Postkarten gelesen, und zwar immer genau an den Stationen unserer Reise, wo ich die Karten geschrieben hatte. So hat Mama uns von ihrer eigenen Moselreise mit dem Zug erzählt, und wir haben zugehört, und Papa hat für die Mama und mich ein Glas Wasser geholt, und wir haben uns an einen großen Tisch gesetzt und erzählt und erzählt.

Als wir eine Menge erzählt hatten, hat Papa dann aber gesagt, wir sollten am Abend mit dem Erzählen weiter machen, jetzt aber sollten wir planen, wie es weiter gehe, und zwar eins nach dem andern. Papa plant sehr gern, und Papa ist ein sehr guter Planer, was man ja schon daran erkennt, wie er unsere Moselreise geplant hat. Mama aber plant überhaupt nicht, und wenn sie etwas plant, vergisst sie oft, was sie geplant hat, und macht dann doch alles ganz anders als so, wie sie es eigentlich geplant hat. Diesmal aber hat sie genickt, und zu Papa gesagt: »Richtig, jetzt planen wir, also plan mal für uns!« Papa hat lachen müssen, weil Mama sich ein wenig über Papas Planen lustig gemacht hat, dann aber hat Papa gesagt, wie er alles planen würde.

Papa plant

Papa hat unsere ganze Moselreise geplant, Ort für Ort: Wo wir übernachten, was wir uns anschauen, wohin wir gehen. Nur wo wir essen, das hat er nicht geplant, weil man das, wie Papa immer sagt, nicht planen kann. Stattdessen geht Papa meist zuerst allein in ein Lokal, schaut sich um und beschließt dann ganz rasch, ob wir in dem Lokal essen oder nicht. Papa sagt, er sei ein »Gastwirtssohn« und weiter sagt er, dass ein richtiger Gastwirtssohn auf den ersten Blick erkenne, ob ein Lokal etwas tauge oder nicht. Und wahrhaftig findet Papa fast immer die richtigen Lokale zum Essen und irrt sich nur selten, nein, er irrt sich fast nie. (In Köln hat er sich einmal geirrt, als wir in ein Lokal am Rhein gegangen sind, das leer war, plötzlich aber kamen sehr viele Ausflugsgäste in das Lokal, und Papa hat gesagt: »Verdammt, das ist ja ein richtiges Ausflugslokal.«)

Papa hat also geplant und gesagt, dass er sich in etwa einer halben Stunde mit dem Louis zu einem Glas Wein treffen würde und dass wir beide, also Mama und ich, einen kleinen Spaziergang an der Mosel entlang machen sollten. Auf keinen Fall sollten wir aber bereits in die Innenstadt von Trier gehen, denn die Innenstadt von Trier mit der Porta Nigra und dem Dom und den anderen großen Sehenswürdigkeiten sollten wir uns erst morgen anschauen und nicht heute. Heute nämlich hätten wir, also Papa und ich, uns bereits genug Schönes angeschaut, und das genüge eben für heute. In zwei Stunden sollten wir uns dann aber alle treffen und in einem Restaurant am Moselufer festlich zu Abend essen. »Festlich?«, hat Mama den Papa gefragt, und Mama hat bei der Frage wieder ein bißchen gelächelt, als mache sie sich wieder über Papa lustig. Papa aber hat so getan, als bemerke er das nicht, und dann hat er nur noch einmal gesagt: »Ja, richtig festlich! Wir haben schließlich etwas zu feiern!«

Papa sagt »festlich«

Manchmal sagt Papa, dass wir etwas »festlich« machen sollten: »festlich« essen gehen, »festlich« in den Gottesdienst gehen, »festlich« den Tag verbringen. Papa meint damit, dass wir etwas nicht so tun sollten, wie man es immer tut, sondern dass wir uns Mühe geben sollten. Papa meint damit aber nicht, dass wir ein Fest feiern sollen, sondern eher, dass wir uns so

> benehmen und anziehen sollen, als wollten wir ein Fest feiern. Vor allem an Sonntagen und Feiertagen möchte Papa, dass es »festlich« ist.

Mama ist dann aber auch rasch wieder ernst geworden und hat Papa richtig gelobt für all sein Planen und dafür, wie schön er die Moselreise geplant hat. Und dann hat sie gesagt, dass wir alles jetzt genau so machen würden, wie Papa es auch für diesen Abend geplant hat.

Wenig später hat Papa die Wohnung verlassen, und Mama hat ihren Koffer ausgepackt und ihre Sachen in einen Kleiderschrank gehängt. Mama hat mich sehr viel gefragt, und ich habe Mama sehr viel von unserer Moselreise erzählt, und dann sind wir nach draußen, an die Mosel gegangen und sind über eine alte Römerbrücke zum anderen Ufer gegangen, und ich habe erzählt und erzählt, und Mama hat alles wissen wollen, aber auch alles. Ich fand es wunderschön, so mit Mama an der Mosel spazieren zu gehen, und ich fand es am schönsten, dass wir den Höhepunkt unserer Moselreise jetzt alle zusammen erlebten.

Später sind wir dann wieder über die Moselbrücke zurück gegangen und haben den Papa getroffen. Papa hatte mit dem Louis Wein getrunken, und das konnte man ein bißchen sehen, weil Papa einen roten Kopf hatte und sehr gut gelaunt war. Papa wusste natürlich auch längst, wo wir zu Abend essen sollten, nämlich in einem alten Fischlokal direkt an der Mosel, und als er Mama fragte, ob ihr das denn auch recht sei und ob sie überhaupt Fisch essen wolle, hat Mama gesagt, dass ihr heute alles recht sei und dass sie natürlich heute mit uns Fisch esse.

Und so ist es denn auch gekommen. Wir sind in ein schönes, altes Fischlokal gegangen, und wir haben dann draußen, vor dem Lokal, auf einer hölzernen Terrasse gesessen. Der Kellner, der uns bediente, hat ein Windlicht auf unseren Tisch gestellt, und dann wurde es langsam dunkler und dunkler, und überall auf den anderen Tischen standen auch Windlichter mit dicken Kerzen, und aus dem Fischlokal kam Musik, und es war wirklich wunderschön. Papa hat Moselaal gegessen, und Mama hat eine Forelle gegessen, und ich habe ein paniertes Fischfilet mit einem hausgemachten Kartoffelsalat gegessen, und Papa und Mama haben Moselwein getrunken, und wir haben Mama weiter von unserer Moselreise erzählt.

Wir haben sehr lange draußen im Freien gesessen, und auch die Leute an den anderen Tischen sind sehr lange geblieben. Erst gegen elf Uhr in der Nacht sind wir in unsere schöne Wohnung zurück gekehrt. Ich war von all den Ereignissen an diesem »Glückstag« sehr müde, und deshalb bin ich gleich ins Bett gegangen, und dann bin ich sofort eingeschlafen und habe nicht mehr gemerkt, dass auch die Eltern zu Bett gegangen sind.

2. August 1963

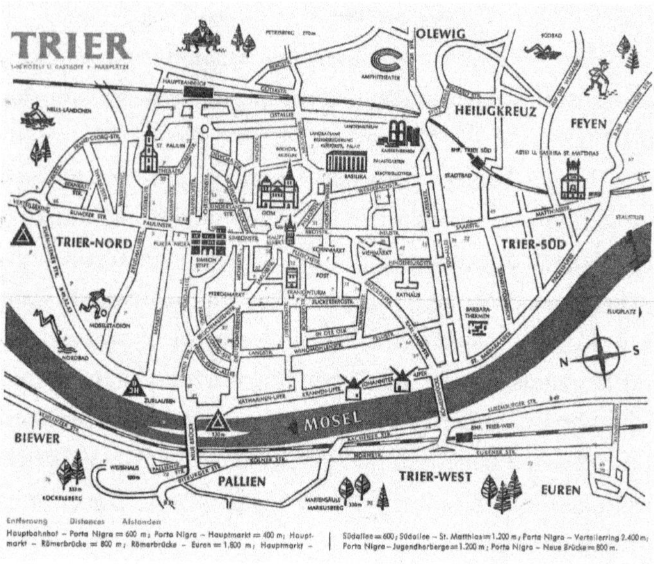

Am nächsten Morgen haben wir überlegt, ob wir in unserer Ferienwohnung oder draußen in der Stadt frühstücken sollten. Papa hat gesagt, dass er uns etwas zum Frühstücken einkaufen könne und dass wir dann zusammen in der Wohnung frühstücken könnten. Mama aber hat gesagt, dass sie genau wisse, dass Papa das Frühstücken in der Wohnung »umständlich« finde und dass Papa, wenn er ehrlich sei, viel lieber in der Stadt frühstücken würde. Papa hat gelacht und gesagt, es komme nicht darauf an, was er selbst lieber tue, sondern darauf, was uns allen am liebsten sei. Da aber hat Mama gesagt, dass wir am liebsten in einem Café in der

Stadt frühstücken würden, und so haben wir uns auf den Weg in die Innenstadt von Trier gemacht.

Schon auf dem Weg hat Papa gesagt, dass Trier in der Römerzeit »Augusta Treverorum« geheißen habe und dass dieser alte römische Name an die Treverer erinnere. Die Treverer seien ein Keltenvolk gewesen, das vor den Römern in der Gegend von Trier gelebt habe. Nach den Treverern aber seien die Römer nach Trier gekommen und hätten aus der alten keltischen Stadt eine große römische Kaiserstadt gemacht, in der sogar der römische Kaiser residiert habe. Es gebe in Trier noch viele Überbleibsel dieser großen römischen Zeiten, und genau diese Überbleibsel würden wir uns in Trier anschauen. »Einige werden wir uns anschauen«, hat da die Mama gesagt, und Papa hat »Wie meinst Du das?« gesagt, und Mama hat geantwortet: »Na, wir werden uns einige römische Überbleibsel anschauen, aber wir werden doch sicher in Trier noch etwas anderes tun als uns römische Überbleibsel anzuschauen.« Da hat Papa erst mal gar nichts gesagt, aber ich habe, obwohl Papa gar nichts gesagt hat, gewusst, dass Papa darüber nachgedacht hat, was die Mama sich wohl außer den römischen Überbleibseln noch alles anschauen möchte.

Was Mama sich gerne anschaut

Papa schaut sich gerne römische Überbleibsel und andere Sehenswürdigkeiten an. Mama schaut sich das alles auch gerne an, aber nicht so genau und nicht so lange. Mama schaut sich lieber die Stadt an, die Straßen, die Häuser, Mama geht gern ohne Plan durch eine Stadt spazieren. Dann geht sie in Kaufhäuser und in viele kleine Läden, aber sie will in den Kaufhäusern und kleinen Läden gar nichts kaufen. Mama schaut sich nur gerne an, was es alles zu kaufen gibt, aber Mama kauft nur sehr selten etwas von dem, was sie sieht. Sehr gern schaut Mama sich Gärten und Blumen an. Seltene Blumen kauft Mama manchmal sogar sofort, und dann müssen Papa und ich die seltenen Blumen in den Westerwald bringen, wo Mama sie im großen Garten unseres Ferienhäuschens einpflanzt.

Wir sind dann auf eine breite, große Straße eingebogen, und da haben wir plötzlich ein großes, dunkles, sehr seltsames Tor mit vielen Bögen und Durchblicken gesehen. Da ist Papa stehen geblieben und hat gesagt, dass dies die berühmte »Porta Nigra« sei und dann hat er die »Porta Nigra« so angeschaut, als wolle er vor der »Porta Nigra« gleich den Hut ziehen. Das jedenfalls hat die Mama gesagt, die Mama hat nämlich zu Papa gesagt »Du stehst da, als wolltest Du vor der Porta Nigra den Hut ziehen«, und dann hat sie noch gesagt: »Wir gehen jetzt erst einmal frühstücken, und dann schauen wir uns die Porta Nigra an und ziehen vor der Porta Nigra den Hut.« Ich habe gleich bemerkt, dass Papa das nicht ganz recht war, Papa hat aber zunächst einen Moment geschwiegen, und erst als wir weiter gegangen sind, hat er gesagt: »Wir sollten uns erst die Porta Nigra anschauen und dann frühstücken gehen. Jetzt ist nämlich noch kein Mensch in der Porta Nigra, jetzt haben wir sie noch ganz für uns allein.« Da aber hat Mama den Kopf geschüttelt und gesagt: »Nein, Josef, jetzt sei bitte nicht stur: Wir frühstücken jetzt schön zusammen, und dann tun wir Dir jeden Gefallen.«

Während sie das gesagt hat, hat sie sich aber bei Papa eingehängt, und da hat Papa nichts mehr gesagt, und wir sind zusammen zu einem Café am Marktplatz gegangen und haben dort draußen, vor dem Café, unter einem Sonnenschirm gefrühstückt. Mama hat sehr dunklen Tee getrunken und dazu ein Hörnchen mit Marmelade gegessen, und Papa hat Kaffee getrunken und ich habe eine warme Milch getrunken, und wir haben alle keine Brötchen und kein Brot, sondern lauwarme, sehr gute Hörnchen mit etwas Butter oder mit Marmelade gegessen. Papa hat dann noch kurz in einigen Zeitungen geblättert, während Mama ihren Tee ganz langsam zu Ende getrunken hat. Dann aber haben wir bezahlt und sind zur »Porta Nigra« gegangen, um uns die »Porta Nigra« in Ruhe anzuschauen.

Wir haben uns also direkt vor die »Porta Nigra« gestellt, und Papa hat angefangen, uns die »Porta Nigra« zu erklären. Da Papa die »Porta Nigra« schon einmal gesehen hatte, wusste er bereits viel über sie, und so hat Papa uns erklärt, dass die »Porta Nigra« einmal ein römisches Stadttor war und dass sie aus Sandstein gebaut ist und dass der Sandstein in den Jahrhunderten nach ihrem Bau immer dunkler geworden ist und dass die »Porta Nigra« wegen ihrer dunklen Steine »Porta Nigra« genannt wurde. »Na, dann gehen wir doch mal hinein in Deine Porta Nigra«, hat Mama da gesagt, und Papa hat Mama einen Moment lang angeschaut, weil er sich gewundert hat, dass Mama es so eilig hatte damit, in die »Porta Nigra« hinein zu gehen.

Innen in der »Porta Nigra« wanderten Reisegruppen herum, und jede Gruppe folgte einer Reiseführerin oder einem Reiseführer. Deshalb war es in der »Porta Nigra« sehr unruhig und laut, was Papa anscheinend ärgerte, denn er sagte »gehen wir mal auf die andere Seite, da ist es ruhiger«, doch als wir auf der anderen, ruhigeren Seite angekommen waren, wurde es dort gerade unruhig, so dass Papa gleich wieder sagte »wir sind auf der falschen Seite, die andere Seite ist ruhiger«. Mama aber sagte gar nichts, sondern lehnte sich einfach etwas hinaus aus einem Bogen und schaute sich die Innenstadt von Trier von der Höhe aus an. Papa wollte dauernd weiter erklären und sagen, wie die »Porta Nigra« gebaut und konstruiert worden sei und wie man die Steine aufeinander getürmt und warum man keinen Mörtel verwendet habe, Mama aber drehte sich nicht zu Papa um, sondern schaute ruhig weiter von der Höhe aus auf die Stadt Trier.

Wir sind dann durch die ganze »Porta Nigra« gegangen, von einer Seite zur anderen und wieder zurück, in mehreren Stockwerken, und Papa ist immer wieder stehen geblieben und hat sich den Bau ganz genau angeschaut. Mama aber ist nicht mit Papa und mir gegangen, sondern sie ist oben, im obersten Stockwerk, stehen geblieben und hat sich weiter die Stadt Trier von der Höhe aus angeschaut. Erst als Papa wieder zu ihr gekommen ist, ist sie von ihrem Ausguck weggegangen, und dann sind wir alle wieder nach unten, auf die Erde, gegangen. Unten auf der Erde aber hat Mama den Papa gefragt: »Sag mal, wie gefällt Dir denn nun Deine Porta Nigra?« Papa hat nur »prachtvoll« gesagt, und dann hat er sich wiederholt und gesagt, die »Porta Nigra« sei ein prachtvoller Bau. »Ach was«, hat da die Mama gesagt, »Deine Porta Nigra ist überhaupt kein prachtvoller Bau. Es ist ein muffiger, dunkler Klotz, ein richtiger Soldatenbau.« Papa hat erst mal gar nichts gesagt, aber als wir uns einige Schritte von der »Porta Nigra« entfernt hatten, hat Papa gesagt: »Mia, Du übertreibst. Nicht alles, was Soldaten gebaut haben, ist schon deshalb schlecht, weil es Soldaten gebaut haben.« Da hat nun Mama erst einmal gar nichts gesagt, und so haben wir uns schweigend von der »Porta Nigra« entfernt. Als wir uns dann aber schon recht weit von der »Porta Nigra« entfernt hatten, hat sich Papa plötzlich noch einmal zur »Porta Nigra« umgedreht, und dann hat er gesagt, dass wir uns alle noch einmal umdrehen sollten. Wir haben uns also alle noch einmal umgedreht, und dann hat Papa gesagt: »Schaut mal, jetzt hat sie doch etwas Schönes, habe ich recht?« Mama hat gar nichts gesagt, da hat Papa gesagt, dass ich einmal etwas sagen solle, ich fand es aber schwer, etwas zu sagen, weil Papa fand, die »Porta Nigra« habe etwas Schönes, während Mama anscheinend fand, die »Porta Nigra« habe gar nichts Schönes. Ich habe einen Moment gezögert und mir die »Porta Nigra« noch einmal aus der Ferne angeschaut, und dann habe ich gesagt: »Ich habe noch nie so etwas wie die »Porta Nigra« gesehen. Ich finde die »Porta Nigra« etwas Besonderes.« »Das ist sie auf jeden Fall«, hat da die Mama gesagt, »die Porta Nigra ist etwas Besonderes, darauf sollten wir uns einigen, bevor wir aus ihr noch eine Schönheitskönigin machen.« Als Mama das gesagt hat, musste Papa lachen, und auch ich musste lachen, denn ich fand es komisch, dass Mama von der »Porta Nigra« so sprach, als sei die »Porta Nigra« eine Frau. Und so haben wir alle gelacht, und dann sind wir weiter gegangen und haben uns endgültig von der »Porta Nigra« entfernt.

Mama und Papa

Wenn Mama und Papa sich etwas zusammen anschauen, sind sie fast nie einig. Mama findet etwas schön, was Papa gar nicht schön findet, oder Papa findet etwas interessant, was Mama gar nicht interessant findet. Gehen wir zum Beispiel zusammen in ein Museum, schaut Mama sich Bilder an, die Papa sich nicht richtig anschaut, und Papa schaut sich Bilder an, die Mama sich gar nicht anschaut. Papa versucht dann immer, die Mama zu überzeugen, während die Mama nie versucht, Papa zu überzeugen. Schließlich gibt Papa auf, und schließlich sagt die Mama etwas Lustiges, weil sie nicht möchte, dass Papa ärgerlich ist.

Papa wollte von der »Porta Nigra« aus direkt zum Dom gehen. Als wir aber den Marktplatz erreichten und dort ein großer Markt war, hat Mama gesagt, der große Markt sei auch eine Sehenswürdigkeit, und sie wolle sich diese Sehenswürdigkeit jetzt erst einmal anschauen und nicht sofort in den Dom gehen. »Der Dom ist nur ein paar Schritte entfernt«, hat Papa gesagt, und dann hat er noch gesagt, dass wir uns erst den Dom und danach den großen Markt anschauen sollten. Mama aber wollte es genau umgekehrt machen, erst den großen Markt und dann den Dom anschauen. Da hat Papa gesagt, dass Mama sich den großen Markt anschauen solle und dass wir beide – Papa und ich

– schon einmal in den Dom gehen würden, weil es im Dom ja sehr viel zu sehen gebe. Mama ist also auf dem großen Markt zurück geblieben und hat sich die vielen Blumen-, Gemüse- und Obst-Stände auf dem großen Markt angeschaut, während Papa und ich in den Dom gegangen sind. Auf dem Weg zum Dom aber hat Papa leise gesagt »Die paar Runkelrüben sind doch keine Sehenswürdigkeit, das ist doch lachhaft«, da habe ich bemerkt, dass Papa etwas ärgerlich darüber war, dass Mama den großen Markt eine Sehenswürdigkeit genannt hatte.

Wenn Papa »lachhaft« sagt

Wenn Papa »lachhaft« sagt, ist er ärgerlich. Meist sagt er auch nicht nur einmal »lachhaft«, sondern mehrmals. Er sagt dann »das ist ja lachhaft!«, und dann macht er eine Pause, und dann sagt er noch einmal »lachhaft!«, und dann macht er noch einmal eine Pause, und dann sagt er: »sowas Lachhaftes!« Wenn Papa ärgerlich ist, hört er sich gar nicht mehr an, was der andere sagt. Stattdessen sagt Papa einfach immer nur »lachhaft!«, »sowas Lachhaftes!«, »lachhaft!«, »wirklich lachhaft!«, als falle ihm gar nichts mehr ein. Mama mag gar nicht, wenn Papa »lachhaft!« sagt, und Mama sagt selbst niemals »lachhaft«.

Papa und ich sind dann in den Dom gegangen, und der Dom war wirklich sehr groß und mächtig, so dass man ihn gar nicht sofort überblicken konnte. Papa hat sehr leise gesprochen und mir erklärt, dass der römische Kaiser Konstantin und seine Mutter Helena den Dom geplant hätten und dass der römische Kaiser Konstantin der erste christliche römische Kaiser gewesen sei. Seine Mutter Helena sei sogar in das Heilige Land gefahren, und sie habe aus dem Heiligen Land einige sehr kostbare Reliquien mitgebracht. Diese Reliquien habe sie dann an verschiedenen, wichtigen Orten ausstellen lassen, und weil Trier damals, in der römischen Zeit, für die Römer ein sehr wichtiger Ort gewesen sei, habe sie eine dieser Reliquien auch hier, in Trier, ausstellen lassen. Diese sehr kostbare Reliquie sei der Heilige Rock, also der Rock, den der Herr Jesus getragen habe.

Ich war sehr erstaunt, dass der Heilige Rock, den der Herr Jesus getragen hat, hier, im Trierer Dom, war, und ich sagte Papa, dass ich den Heiligen Rock gerne sehen würde. Papa aber sagte, man könne den Heiligen Rock nicht sehen, er sei nämlich sehr empfindlich und kostbar, und weil er so empfindlich und kostbar sei, werde er nur ganz selten gezeigt, in ganz bestimmten Jahren. In diesen Jahren kämen viele Pilger nach Trier, um den Heiligen Rock zu sehen. Dann sagte Papa noch, dass der Heilige Rock zwar nicht zu sehen sei, wohl aber die Kapelle, in der er aufbewahrt werde, und so sind wir zu der Kapelle hin gegangen und haben uns vorgestellt, den Heiligen Rock auch wirklich zu sehen. Wie der Heilige Rock wirklich aussah, konnte man nämlich sehen, wenn man sich die Fotos anschaute, die neben der Kapelle hingen und auf denen der Heilige Rock ganz deutlich zu sehen war.

Der Heilige Rock

Die Farben des Heiligen Rocks waren blass, als habe der Heilige Rock lange in der Sonne gelegen. Der Heilige Rock war

> nicht zusammengenäht, sondern aus einem Stück. Der Herr Jesus hat den Heiligen Rock über den Kopf gezogen, das war ganz leicht, und als er den Heiligen Rock über den Kopf gezogen hatte, bedeckte ihn der Heilige Rock vom Kopf bis zu den Knien, und der Herr Jesus war fertig angezogen.

Ich habe Papa gefragt, woher man denn genau wisse, dass der Heilige Rock der Heilige Rock des Herrn Jesus gewesen sei. Da hat Papa gesagt, dass man das nicht ganz genau wisse, sondern dass man es glaube. Natürlich könne man nicht beweisen, dass der Heilige Rock wirklich der Heilige Rock des Herrn Jesus gewesen sei. Der Heilige Rock von Trier erinnere einen aber daran, dass der Herr Jesus einen solchen Rock getragen habe, denn dass er einen solchen Rock getragen habe, stehe im Neuen Testament, wo die Soldaten, die den Herrn Jesus kreuzigen, darüber streiten, wer von ihnen den Heiligen Rock bekommen soll. Im Neuen Testament stehe auch, dass die Soldaten gewürfelt hätten, wer den Heiligen Rock bekommen solle. Der Heilige Rock sei nämlich sehr kostbar gewesen, weil er aus einem Stück gewesen sei, und weil er aus einem Stück und daher sehr kostbar gewesen sei, hätten die Soldaten ihn nicht zerschnitten, sondern gewürfelt, und der Sieger habe dann den Heiligen Rock bekommen. Der Heilige Rock von Trier erinnere also an diese Stelle im Neuen Testament, denn der Heilige Rock sei wie ein Bild, das all die, die den Heiligen Rock gesehen hätten, dann im Kopf haben könnten, um die Geschichte vom Heiligen Rock nie mehr zu vergessen.

Wir sind dann weiter durch den großen Dom von Trier gegangen, und wir haben uns seinen Kreuzgang und die Krypta angeschaut, und wir haben zugehört, als ein Organist auf der Orgel etwas geübt und geprobt hat. Nach einer Weile ist dann auch die Mama in den Dom gekommen, und Papa hat mit Mama noch einmal einen kleinen Rundgang durch den Dom gemacht und ihr alles erklärt. Ich aber bin nach draußen, vor den Dom gegangen, denn draußen vor dem Dom lag ein schwerer, sehr großer Stein, der Domstein. Auf diesem Domstein konnte man herum rutschen, und das habe ich dann auch mit vielen anderen Kindern getan, ich bin auf dem Domstein gerutscht, immer wieder, und das Rutschen hat sehr viel Spaß gemacht.

Vom Dom aus sind wir dann wieder zurück auf den Marktplatz gegangen, und Mama hat gesagt, dass sie etwas Obst gekauft und das gekaufte Obst an einem Stand stehen gelassen habe, damit wir es nach unserem Domgang abholen könnten. Wir haben das Obst dann auch abgeholt und sind dann in einen sehr schönen, sehr grünen Garten gegangen, der hinter einem großen Gebäude, das viel Schmuck an den Giebeln und Fenstern hatte, angelegt war. Das Gebäude hieß Kurfürstliches Palais, und in dem Garten, der zum Kurfürstlichen Palais gehörte, haben wir dann das Obst gegessen, also Erdbeeren, Himbeeren und Brombeeren, es war sehr gutes Obst. Wir haben uns weiter viel unterhalten, und die Mama hat von Köln erzählt, denn heute war die Mama dran mit dem Erzählen, weil gestern Abend vor allem Papa und ich erzählt hatten.

Als wir uns genug unterhalten und das Obst gegessen hatten, hat Mama den Papa gefragt, welche Sehenswürdigkeiten wir uns in Trier denn noch anschauen sollten. Papa hat gesagt, dass es sehr viele Sehenswürdigkeiten gebe, dass wir uns aber auf jeden Fall noch die Konstantinbasilika, die Kaiserthermen, das Amphitheater und das Landesmuseum anschauen sollten. »Und wann sollen wir uns das alles anschauen?«, hat die Mama gefragt. Papa wusste aber keine schnelle Antwort auf Mamas Frage, denn anscheinend hatte er sich noch nicht genau überlegt, in welcher Reihenfolge wir uns das alles noch anschauen sollten. Da hat die Mama gesagt, sie schlage vor, dass wir jetzt für eine Stunde in unsere schöne Wohnung gehen sollten und dass Papa sich in der Wohnung etwas ausruhen solle. Danach aber sollten wir uns trennen, Papa und ich sollten in ein Freibad gehen, und sie werde in die Stadt gehen und einen Stadtbummel machen. Die restlichen Sehenswürdigkeiten würden wir uns dann morgen, an unserem letzten Trier-Tag, zusammen anschauen.

Papa fand Mamas Vorschlag sehr gut, aber er hat sie gefragt, ob sie morgen auch mit in das Landesmuseum gehen werde. Mama hat geantwortet, dass sie sich das noch überlegen werde, da hat Papa gesagt, er schlage vor, dass er nach unserer Ruhepause in der Wohnung mit mir in das Landesmuseum gehen werde. Wenn wir nämlich bereits heute in das Landesmuseum gegangen seien, könnten wir morgen, an unserem letzten Trier-Tag, die restlichen römischen Sehenswürdigkeiten in Ruhe anschauen und würden nicht durch den Besuch des Landesmuseums aufgehalten. Da sagte die Mama, dass sie heute nicht mit ins Landesmuseum gehen werde, weil sie das Landesmuseum nicht so sehr interessiere. Das Landesmuseum zu sehen, sei für Papa und mich aber sicher sehr interessant, weil im Landesmuseum viel von der Mosel vorkomme, an der wir ja gerade entlang gewandert seien. »So ist es«, hat Papa da gesagt, und damit stand fest, dass ich am Nachmittag mit Papa, aber ohne die Mama zuerst ins Landesmuseum und später ins Freibad gehen würde. Die Mama aber würde einen Stadtbummel machen, und am Abend würden wir uns wieder am Moselufer treffen, um dort zu Abend zu essen.

In unserer schönen Wohnung haben wir uns dann etwas ausgeruht, und ich habe auf die Mosel geschaut. Dann habe ich in »Der Knabe im Brunnen gelesen« und gekritzelt und mir beim Kritzeln etwas überlegt.

Wie es gewesen wäre, mit Mama zu verreisen

Ich habe mir überlegt, wie es gewesen wäre, mit Mama zu verreisen und an der Mosel entlang zu wandern. Mit Mama wäre ich nicht viel gewandert, sondern viel häufiger Bus, Bahn und Taxi gefahren. Mit Mama wäre ich also schneller am Ziel gewesen, und wir hätten mehr Zeit gehabt, durch die Moselorte zu gehen. Dafür hätten wir uns aber die Mosellandschaft nicht so genau angeschaut, und wir wären auch nicht in der Mosel schwimmen gegangen. Mama hätte auch nicht so gerne in »Privatquartieren« gewohnt, sondern lieber in Hotels und Pensionen. Ich glaube nicht, dass Mama das lateinische Buch über die Mosel von dem römischen Dichter Ausonius gele-

> sen hätte, und ich glaube auch nicht, dass sie »Der Knabe im Brunnen« gelesen hätte. Mama hätte ein französisches Buch gelesen, und zwar irgendeines und nicht unbedingt eines über die Mosel. Papa aber liest während unserer Wanderungen fast nur Bücher, die auch in den Gegenden spielen oder aus den Gegenden kommen, durch die wir gerade wandern. Es ist sehr schön, mit Papa zu wandern, aber es wäre auch sehr schön, mit Mama zu wandern. Da ich aber mit Papa sehr oft schwimmen gehe und da ich wirklich für mein Leben gern schwimme, gehe ich vielleicht doch ein kleines bißchen lieber mit Papa als mit der Mama wandern. Das Wandern mit der Mama wäre aber auch sehr schön und bequem und bestimmt nicht so anstrengend wie das Wandern mit dem Papa.

Papa und ich sind dann am Nachmittag in das Landesmuseum gegangen. Im Landesmuseum standen so viele Vitrinen, dass wir schon im ersten Saal des Museums wussten, das wir uns nicht alle Vitrinen würden anschauen können. Papa ist denn auch gleich voran gegangen und hat die Vitrinen mit den Überbleibseln der Kelten, und danach hat er die Vitrinen mit den Überbleibseln der Römer gesucht. Wir haben uns die Sachen, die man aus der Erde ausgegraben hatte, angeschaut, und dann hat Papa mir noch ein sehr schönes Relief gezeigt, auf dem einige Römer vor dicken, runden Weinfässern auf einem großen Moselschiff sitzen und die Mosel hinauf fahren. Papa hat mir eine Postkarte von dem Relief gekauft und gesagt, ich solle die Postkarte gut aufheben, denn sie werde mich immer daran erinnern, wie wir beiden Römer an der Mosel entlang gewandert seien, Weinproben zelebriert und uns sehr gut verstanden hätten. Als Papa das gesagt hat, kam mir das, was Papa gesagt hat, richtig »feierlich« vor. Ich wusste nicht, was ich sagen sollte, und so habe ich, als Papa mir die Postkarte gegeben hat, Papa ganz plötzlich einen Kuß auf die Stirn gegeben. Ich glaube, Papa war überrascht davon, dass ich ihm einen Kuß auf die Stirn gegeben habe, denn er hat etwas merkwürdig geschaut und mich dann umarmt. Dann aber hat er gesagt: »Magnus Ausonius, laßt uns nun in die Thermen gehen!« Ich dachte, dass Papa mit den Thermen die Kaiserthermen meinte, das war aber nicht so, denn Papa meinte das Freibad an der Mosel, und er hatte bloß einen Papa-Witz gemacht. Wir sind dann zu dem Freibad gegangen und haben zwei Stunden in dem sehr schönen Freibad an der Mosel geschwommen und zusammen Federball gespielt.

Papa-Witze

Papa kann keine Witze machen, und er kann auch keine Witze erzählen. Wenn Papa versucht, einen Witz zu machen, macht sich Mama oft darüber lustig und sagt, dass der Witz, den Papa gemacht habe, ein typischer Papa-Witz sei. Papa-Witze sind nämlich nicht richtig komisch, sondern es sind Witze, die überhaupt niemand witzig findet. Da aber niemand Papa-Witze witzig findet, muss Papa die Witze erklären. Wenn er sie erklärt, sind es aber keine Witze mehr, denn Witze muß man nicht erklären, sagt die Mama.

Am Abend haben wir dann die Mama wieder am Moselufer getroffen. Wir sind alle zusammen am Moselufer entlang und über die alte Römerbrücke gegangen, und dann sind wir alle zusammen wieder zurück gegangen. Das Moselufer war sehr schön erleuchtet, und wir haben ein Mosellokal gefunden, wo man in einem großen Garten mit vielen Kastanien im Freien sitzen und essen konnte. Wir haben uns dann in den Garten gesetzt und zusammen eine große Käseplatte mit vielen Tomaten und Gurken und mit Meerrettich und scharfem Senf gegessen, und Mama und Papa haben eine Flasche Moselwein bestellt und zusammen den Moselwein getrunken. In dem Garten gab es auch Schaukeln und Rutschen, und so habe ich mit einigen anderen Kindern, deren Eltern auch Moselwein getrunken haben, etwas geschaukelt. Ein Kind hat mich gefragt, woher ich komme, da habe ich gesagt, dass ich ein Römer sei und aus den römischen Landen komme. Da aber hat mir das Kind den Vogel gezeigt und mich nichts mehr gefragt, und ich habe gewusst, dass ich einen Papa-Witz gemacht hatte.

Wir sind wieder ziemlich spät in unsere Wohnung gegangen, und während des Rückwegs in unsere Wohnung haben Papa und Mama sich umarmt. Vor der Tür unserer Wohnung hat Papa mir den Schlüssel gegeben und gesagt: »Magnus Ausonius, aprite portam!« Da habe ich die Tür mit dem Schlüssel geöffnet, und wir sind alle zusammen in die schöne Wohnung gegangen, und danach habe ich die Tür ganz fest zugeschlossen, damit wir alle zusammen in Sicherheit waren und damit uns während der Nacht nichts passierte.

03. August 1963

An diesem Morgen bin ich sehr früh aufgewacht, weil ich wusste, dass dieser Tag der letzte Tag unserer Moselreise sein würde und dass wir am Abend zurück nach Köln fahren würden. Ich bin noch vor Mama und Papa aufgewacht, und so habe ich im Bett »Der Knabe im Brunnen« gelesen. Ich habe das Buch ausgelesen, das Ende war aber seltsam, denn als ich die letzten Seiten des Buches gelesen habe, habe ich gelesen, dass der Junge am Ende von der Mosel, wo er aufgewachsen ist, weg fährt und dass er nach Köln fährt. Am Ende des Buches steht der Junge nämlich in seinem Moseldorf und denkt an Köln, und er denkt sogar an den Kölner Dom und an die großen Säulen des Kölner Doms, die er bald zu sehen bekommen wird. Da habe ich auch an

Köln und den Kölner Dom denken müssen und daran, dass morgen Sonntag ist und dass wir morgen alle zusammen wieder in den Kölner Dom gehen werden, um dort den Gottesdienst zu feiern.

Nach mir ist dann die Mama aufgewacht, und als sie gesehen hat, dass ich schon wach war, ist sie zu mir ans Bett gekommen und hat mich gefragt, ob wir zwei, also die Mama und ich, rasch hinunter gehen wollten, um für uns alle ein kleines Frühstück einzukaufen. Ich habe mich gefreut, und dann habe ich mich rasch angezogen, und auch die Mama hat sich angezogen, und dann sind wir beide sehr leise aus der Wohnung gegangen und haben den Papa noch ein wenig schlafen lassen.

Unten sind wir dann »ausgeschwirrt«, denn so hat die Mama es genannt, sie hat gesagt »jetzt schwirren wir mal aus«, und dann sind wir ausgeschwirrt, und das heißt, dass wir ziemlich rasch gegangen sind und uns rasch umgeschaut haben, ob wir irgendwo eine Bäckerei und eine Metzgerei finden würden. Wir haben die Bäckerei und die Metzgerei dann auch sehr schnell gefunden, es war ganz einfach, wir mussten nur ein paar Leute nach der Bäckerei und der Metzgerei fragen, und schon hatten wir sie gefunden. Wir haben frische Brötchen und Hörnchen und etwas Butter und Marmelade und gekochten und rohen Schinken gekauft, und dann haben wir alles in die Wohnung getragen und in der Küche das Frühstück gedeckt.

Ausschwirren mit Mama

Ausschwirren mit Mama geht so, dass Mama ein Ziel hat, das Ziel dann aber vergisst, weil sie während des Suchens nach dem Ziel noch andere Ziele entdeckt. Mama interessiert sich, wenn sie die anderen Ziele entdeckt hat, dann auch sehr für die anderen Ziele, und nur wenn sie viel Zeit hat, erinnert sich Mama wieder an das erste Ziel und findet es dann auch.

Ich habe dann den Papa geweckt, und der Papa war sehr erstaunt, dass er länger geschlafen hatte als Mama und ich, denn das kommt eigentlich niemals vor, dass Papa länger schläft als Mama und ich. Mama hat gesagt, es sei gut gewesen, dass Papa einmal etwas länger geschlafen habe, denn Papa sei von der Moselwanderung bestimmt etwas erschöpft. Papa aber hat gesagt »ach was, ich bin doch nicht erschöpft«, und dann haben wir alle in der Küche unserer schönen Wohnung gefrühstückt.

Nach dem Frühstück sind wir dann in die Innenstadt von Trier aufgebrochen und zur Konstantinbasilika gegangen. Ich hatte mir unter der Konstantinbasilika eine große Kirche vorgestellt, die Konstantinbasilika sah dann aber ganz anders aus als alle die großen Kirchen, die ich bisher gesehen habe. Zunächst sah sie außen ganz anders aus, nämlich sehr hoch und einfach, mit vielen Fenstern, aber fast ohne Schmuck. Dann aber sah sie auch innen ganz anders aus, nämlich wieder sehr hoch und einfach, ohne Säulen und ohne Schmuck. Die Konstantinbasilika sah aus wie eine große Halle und nicht wie eine große Kirche. Das kam mir sehr merkwürdig vor, und ich habe Papa dann gefragt, warum denn die Konstantinbasilika nicht so aussehe wie eine richtige Kirche. Da hat Papa gesagt, dass die Konstantinbasilika eine sehr alte Kirche sei und heute noch ungefähr so aussehe wie zu der Zeit von Kaiser Konstantin. Damals, zur Zeit des Kaisers Konstantin, hätten die ersten großen christlichen Kirchen aber noch beinahe so ausgesehen wie die großen römischen Hallen, wie Versammlungshallen oder wie Tempelhallen, also sehr hoch und ohne Säulen und weit und offen. Erst einige Zeit später hätten die Christen begonnen, andere Kirchen zu bauen, Kirchen mit einem Altar in der Mitte und einer großen Kuppel darüber, oder Kirchen in Kreuzform mit einem großen Hauptschiff und einem Querschiff.

Da habe ich zu Papa gesagt, dass mir die Kirchen mit einem Altar und einer Kuppel, aber auch die Kirchen mit einem Hauptschiff und einem Querschiff viel besser gefallen würden als die Konstantinbasilika. Papa hat sich das, was ich gesagt habe, angehört, aber er hat nichts dazu gesagt. Die Mama aber hat sich das, was ich gesagt habe, auch angehört, und dann hat sie gesagt: »Das finde ich auch. In dieser Kirche fühle ich mich nicht wohl.« Papa hat die Mama einen Moment lang angeschaut, als wollte er etwas gegen das, was Mama gesagt hatte, sagen, dann aber hat er nur gesagt: »Jetzt geht mal in Ruhe durch diesen uralten Bau und schaut Euch in Ruhe alles an.«

Mama hat zu dem, was Papa gesagt hat, nichts gesagt, sondern nur ein wenig gelächelt, dann aber ist sie sehr langsam durch die Konstantinbasilika gegangen, als würde sie sich etwas anschauen. Ich aber bin neben Mama gegangen, und auch ich bin sehr langsam gegangen. Es war aber so, dass es in der Konstantinbasilika gar nichts Richtiges zum Anschauen gab, keine Altäre und keine Bilder und keine Figuren und überhaupt keine Heiligen. Nach einigen Minuten sind Mama und ich deshalb wieder zu Papa gegangen, und Mama hat gesagt: »Weißt Du was, Josef? In dieser Kirche gibt es gar nichts zum Anschauen, rein gar nichts.« Da aber habe ich sofort bemerkt, dass Papa verärgert war, und da ist, weil Papa wohl verärgert war, etwas sehr Seltsames passiert. Papa hat sich nämlich geräuspert, und dann hat er gesagt: »Ich weiß auch, dass es in dieser Kirche anscheinend nichts zum Anschauen gibt. Es gibt aber doch etwas zum Anschauen, und zwar die Größe. Diese Kirche ist sehr groß, Ihr glaubt gar nicht, wie groß diese Kirche ist. Man könnte die Porta Nigra mehrmals in diese Kirche packen, so groß ist diese Kirche. Und wißt Ihr, warum sie so groß ist? Na, habt Ihr Euch das mal überlegt? Sie ist so groß, damit man in dieser Kirche überall jeden Laut, der vorne gesprochen wird, verstehen kann. Und das, genau das, ist das Besondere an dieser Kirche, dass man jeden Laut so gut verstehen kann wie in kaum einer anderen Kirche.«

Kaum war Papa aber fertig mit seinem Erklären, hat er gesagt: »Und jetzt hört mal genau hin!«, und dann hat er sich aufgerichtet und den Anfang von »Großer Gott, wir loben

Dich« gesungen, sehr laut, mitten in der Konstantinbasilika. Die anderen Menschen, die in der Konstantinbasilika waren, haben sofort aufgehört zu sprechen und zu Papa hingeschaut, und ich habe mich etwas gefürchtet, weil ich gedacht habe, dass die anderen Menschen vielleicht Papa ausschimpfen oder dass sie ihn vielleicht sogar für verrückt halten würden, weil Papa doch mitten in der Konstantinbasilika zu singen begonnen hat. Vor lauter Furcht bin ich zu Mama gegangen und habe mich neben sie gestellt, Papa aber hat einfach noch etwas weiter gesungen: »Herr, wir preisen Deine Stärke. Vor Dir neigt die Erde sich, und bewundert Deine Werke.« Da aber haben einige der anderen Menschen, die noch in der Konstantinbasilika waren, auch angefangen zu singen, und sie haben »Großer Gott, wir loben Dich« mit Papa zusammen gesungen, und zwar Strophe für Strophe, das ganze Lied bis zum Schluß. Und danach haben einige der anderen Menschen, die mitgesungen haben, sogar geklatscht und sind zu Papa hin gegangen und haben sich mit ihm unterhalten und sich bei ihm bedankt, dass er »Großer Gott, wir loben Dich« gesungen hatte.

Ich war sehr froh, dass Papas Singen so gut ausgegangen war, Mama aber fand Papas Singen wohl nicht so gut, denn sie ist dann zu Papa hin gegangen und hat zu ihm gesagt: »Josef, das war wirklich nicht nötig. Dass die Kirche groß ist, hätten wir Dir auch ohne Deinen Gesang geglaubt.« Da aber hat Papa, weil er vielleicht noch immer etwas verärgert war, gesagt: »Mia, manchmal muss man einfach einmal laut und deutlich singen. Das ist besser als Kleinmut, und außerdem begreift dann jeder, wie groß diese Kirche wirklich ist.« Als Mama das Wort »Kleinmut« gehört hat, hat sie wieder gelächelt, und dann hat sie zu Papa gesagt: »Also gut. Du hast sehr schön gesungen. Wir sind stolz auf Dich!« Ich war sehr erstaunt, dass Mama das gesagt hat, denn ich hatte gedacht, dass das Wort »Kleinmut« Mama ärgern würde. Es hatte Mama aber wohl nicht geärgert, denn sie war danach weiter sehr freundlich zu Papa, und so sind wir sehr fröhlich aus der Konstantinbasilika hinaus gegangen.

Papa singt

Es ist schon mehrmals vorgekommen, dass Papa plötzlich laut gesungen hat. Einmal habe ich mit Papa in der Nister geschwommen, da hat er plötzlich ganz laut gesungen. Und einmal waren wir zu dritt in der Kirche eines Klosters in der Eifel, da hat Papa auch plötzlich ganz laut gesungen. Wenn Papa plötzlich ganz laut singt, singt er entweder »Großer Gott, wir loben Dich!« oder »Nun danket Gott und bringet Ehr«. Mama hat einmal gesagt, dass sie sich noch genau überlegen werde, ob sie mit Papa und mir einmal nach Rom fahren werde. Sie stelle sich nämlich vor, dass Papa plötzlich mitten in der Peterskirche anfangen werde, laut »Großer Gott, wir loben Dich« zu singen. Und sie wisse einfach nicht, ob die Römer so etwas gut finden würden.

Wir sind dann weiter zu dem römischen Amphitheater gegangen und haben uns das Amphitheater angeschaut. Auch das Amphitheater war sehr einfach gebaut, nämlich rund und groß, mit Sitzreihen rundum. Die Sitzreihen waren aber alle längst von Gras überwachsen und deshalb kaum noch zu sehen, und erst als uns Papa ein Modell des früheren Amphitheaters gezeigt hat, konnte man sehen, dass es früher richtige Sitzreihen gegeben hatte und das Amphitheater einmal ausgesehen hat wie ein richtiges Fussballstadion.

Wir sind dann noch weiter zu den Kaiserthermen gegangen. Auch die Kaiserthermen waren aber sehr von Gras überwachsen, so dass man sie schlecht erkennen konnte. Mama hat das auch gesagt, nämlich, dass man nur sehr schlecht die einzelnen Teile erkennen könne, doch Papa hat gesagt, man müsse sich einfach etwas Mühe geben, die einzelnen Teile zu erkennen. Um sie aber richtig zu erkennen, müsse man in die Tiefe steigen und die Gänge in der Tiefe durchwandern. Mama hat ein bißchen mit den Augen gerollt, weil Papa die Kaiserthermen unbedingt noch in der Tiefe anschauen wollte, dann aber hat sie gesagt, dass sie mit in die Tiefe gehen werde, und zwar sofort. Auch in der Tiefe konnte man aber nur sehr wenig von den alten Kaiserthermen erkennen, Papa aber hat immer wieder auf einen Plan der Kaiserthermen geschaut, und dann hat er gesagt »Das hier ist der Warmbadesaal mit einem großen Becken und zwei kleineren Becken.« Oder: »Das hier ist der Kaltbadesaal mit insgesamt fünf Schwimmbecken.« Papa hat uns dann auch erklärt, wie die Fussboden- und Wandheizung funktionierte, und er hat von »Bodenplatten« und »Hohlkacheln« gesprochen, und Mama hat ihn alle Einzelheiten erklären lassen und sich nicht über Papas Erklären lustig gemacht, sondern alles in Ruhe angehört.

Wir sind dann alle zusammen in unsere schöne Wohnung zurück gegangen und haben dort etwas Obst gegessen. Unser Zug nach Köln fuhr in wenigen Stunden, deshalb haben wir überlegt, was wir in den wenigen Stunden noch alles machen sollten. Da aber hat die Mama gesagt, dass wir keine Sehenswürdigkeiten mehr anschauen, sondern dass Papa und ich noch einmal ins Freibad gehen sollten. Sie selbst aber, also die Mama, wolle in der Wohnung bleiben und unsere Siebensachen in Ruhe packen. Papa hat mich gefragt, ob ich gern noch einmal schwimmen gehen würde, und ich habe natürlich »ja, sehr gerne« gesagt. Und so sind Papa und ich noch einmal richtig toll und viel schwimmen gegangen, und Mama hat unsere Siebensachen in der Wohnung gepackt und ist noch etwas ausgeschwirrt. Das Schwimmen war sehr schön und erfrischend, und ich bin von einer Schmalseite des großen Schwimmbeckens zur anderen Schmalseite getaucht, ohne den Kopf aus dem Wasser zu heben. Papa hat auch getaucht und ist viel auf dem Rücken geschwommen, und zwar sehr schnell. Ich kann noch nicht sehr schnell auf dem Rücken schwimmen, aber ich kann ziemlich schnell Brustschwimmen, und das habe ich dann auch getan.

Am frühen Abend sind wir mit einem Taxi zum Bahnhof gefahren und in den Zug nach Köln gestiegen. Wir sind an der Mosel entlang bis Koblenz gefahren und dort dann umgestiegen. Während der Fahrt habe ich mich an unsere wunderschöne Moselreise erinnert, und wir haben Mama von den einzelnen Stationen unserer Moselreise noch einmal genauer erzählt: Von dem Knaben im Brunnen, von dem großen Mann aus Kues, von den Campern bei Traben-Trarbach, vom Fahrradfahren, von unseren Weinproben, von meinem Klavierspielen, von Papas Tanz mit der fremden Frau in Beilstein, von der Siku-Stadt Cochem, von der Schleuse bei Müden, von meinem Fußball-Spielen in Moselkern, von der geheimnisvollen Burg Eltz und ihrer Trutzburg, von Magnus Ausonius und von dem, was er über die Fische in der Mosel geschrieben hat, von unserem Kegeln in Kobern-Gondorf und von der Fahrt zum Hotel »Rittersturz« in Koblenz, hoch hinauf.

Zum Schluss habe ich gesagt, dass ich das alles noch genauer aufschreiben werde, und zwar, wie Papa immer sagt: »ganz genau«. Und genau das habe ich jetzt auch getan, in Köln habe ich alles ganz genau aufgeschrieben, und es ist nun ein langer Bericht von unserer wunderschönen Moselreise geworden, »ganz genau« und in allen Einzelheiten.

Die Wiederholung der Moselreise

1

Die Moselreise im Sommer 1963 war die erste längere Reise, die ich allein mit meinem Vater unternahm. Sie hinterließ in der Geschichte unserer Familie so auffällige und merkwürdige Spuren, dass es sich lohnt, diese Spuren noch ein wenig weiterzuverfolgen.

Die erste, sichtbarste Spur war natürlich die hier erstmals gedruckt vorliegende Reise-Erzählung, die ich nach unserer Rückkehr nach Köln aus all den vielen während der Reise gemachten Notizen komponierte. Ich schenkte sie schließlich meinen Eltern, und ich erlebte schon bald, dass dieses Geschenk auf sie einen außerordentlich starken Eindruck machte. Immer wieder lasen beide Eltern darin, und immer wieder kreisten die Gespräche um Themen und Motive dieser Erzählung.

Zwar erfuhr ich als Kind nicht genau, was meine Eltern an meinem Text so beeindruckte, doch konnte ich späteren Kommentaren entnehmen, dass mein Vater die Moselreise vor allem deshalb als einen Erfolg betrachtete, weil ein Reisen in genau dieser Form mir offensichtlich viel von der immer virulenten Angst vor der Fremde und allem Unvertrauten nahm.

Als kleines Kind hatte ich mich nämlich viele Jahre tagsüber mit der Mutter in einem nur sehr begrenzten Terrain im Norden Kölns aufgehalten. An den Vormittagen waren wir spazieren gegangen oder hatten kleinere Einkäufe gemacht, die übrige Zeit aber waren wir meist in der Wohnung geblieben. Meine Mutter hatte sehr viel gelesen, von Beruf war sie Bibliothekarin, und ich hatte in den vielen Bilderbüchern und all den Kinderzeitschriften und Zeitungen geblättert, die der Vater an den Abenden oft mit nach Hause brachte.

Seit dem vierten Lebensjahr hatte ich darüber hinaus Klavier gespielt und viele Stunden des Tages mit Klavierüben verbracht. Diese Tätigkeit hatte mich noch enger an die Wohnung und das vertraute Haus gebunden, so dass ich schon bei geringer Entfernung von diesem Zuhause oft unruhig geworden war und zu fremdeln begonnen hatte. Immer wieder hatte ich mich in solchen Momenten nach zu Hause zurückgesehnt, so dass mein Widerwille, mich in fremden Terrains zu bewegen, zu einer starken Belastung für die ganze Familie geworden war.

Mit dem Vater zu reisen und mit ihm zusammen die Fremde zu erleben – dieses Vorhaben entwickelte sich während der Moselreise dann aber zu einem überraschend geeigneten Mittel, um mir das Unbehagen an jeder Form von Fremde zu nehmen. Dazu gehörte zum einen ein nicht zu rasches Reisetempo, das eine genaue, geduldige und daher beruhigende Beobachtung der Umgebung ermöglichte, zum anderen aber vor allem das Schreiben und Notieren, das mir während eines Tages immer wieder erlaubte, mich in meine eigene Gedankenwelt zurückzuziehen.

Es war wohl genau diese zentrale Beobachtung, die meine Eltern während ihrer Lektüre der *Moselreise* machten: dass das ununterbrochene Notieren mir den Kontakt zu mir selbst und zu den vertrauteren Räumen erhielt, ja dass das Notieren mir eine Art mobiles Zuhause bescherte, in dem ich mich gerade dann aufhalten konnte, wenn die Eindrücke der Fremde unübersichtlicher wurden und mich zu irritieren begannen.

So gelang das Reisen nur, wenn es gleichsam einen steten Ausgleich zwischen den Fremderfahrungen und den Eigenerfahrungen gab. Die Fremderfahrungen mussten durch die vielen Notate und Aufzeichnungen an das, was ich bereits kannte oder worüber ich bereits nachgedacht hatte, zurückgebunden werden, sie mussten sich also Schritt für Schritt in »Eigenerfahrungen« verwandeln lassen, um ihre übermächtige und bedrohliche Wirkung zu verlieren.

Das Notieren und Schreiben diente dieser Bewahrung und führte mit der Zeit dann auch wahrhaftig zu einer Entkrampfung: Die unterschwellig stets vorhandene Angst gegenüber dem Fremden ließ nach und verwandelte sich in ein vorsichtiges Zutrauen, das mir allmählich sogar erlaubte, nicht nur mit fremden Räumen, sondern auch mit fremden Menschen Kontakt aufzunehmen.

2

Da die Moselreise als Projekt einer gemeinsamen Reise von Vater und Sohn ein solcher Erfolg geworden war, wiederholten wir Reisen dieser Art von nun an in jedem Jahr.

So reiste ich mit meinem Vater an den Bodensee und nach Berlin, und so fuhren wir zusammen nach Salzburg, Wien und Paris. Immer wieder wurde dabei für ein eher langsames Reisetempo gesorgt, und immer wieder schrieb ich nach unserer Rückkehr eine ausführliche Reise-Erzählung, die nach dem Vorbild der Moselreise als chronologische Erzählung mit eingeschobenen Reflexionen und Text-Stationen komponiert war.

Die letzte Reise, die wir kurz vor meinem Abitur zusammen machten, bildete dann den Höhepunkt all dieser Unternehmungen. Es handelte sich um eine mehrwöchige Schiffsreise, die von Antwerpen aus an der Westküste Europas entlang durch den Golf von Gibraltar bis nach Griechenland und schließlich nach Istanbul verlief. Der lange, ruhige Aufenthalt an Deck, die vielen Stationen, an denen wir an Land gingen und die schönen Hafenstädte des Mittelmeerraumes kennen lernten – dieser Rhythmus stellte sich schließlich als der ideale Rhythmus unserer besonderen Form des Reisens heraus. Einerseits erlaubte er nämlich den Rückzug auf sich selbst und damit auf das Schreiben, Notieren und Lesen, andererseits aber sorgte er auch für kurze, höchstens ein paar Tage lange Abwechslungen und ein reiches Beobachtungsmaterial während der Aufenthalte in den Hafenstädten.

Die Mittelmeerreise war dann auch der Titel der letzten Reiseerzählung, die ich über die Reisen mit meinem Vater schrieb. Danach reiste ich mit Freunden oder allein, und wieder einige Zeit später nahm ich den Kampf mit der Fremde noch etwas beherzter auf, indem ich längere Zeit in

Rom wohnte, um dort sogar die Möglichkeit eines dauerhaften Existierens in der Fremde zu erproben.

Von den Besonderheiten dieser römischen Tage habe ich in meinem autobiographischen Roman *Die Erfindung des Lebens* ausführlich erzählt, während ich die vielen Reisen mit meinem Vater in diesem Roman kaum erwähnt habe. Vor allem habe ich aber bisher weder in diesem Roman noch anderswo einmal davon gesprochen, dass ich viele der gemeinsam mit meinem Vater gemachten Reisen später noch einmal allein gemacht habe. Von diesen Merkwürdigkeiten der Wiederholung will ich deshalb an dieser Stelle noch kurz erzählen, um die besondere Bedeutung der Moselreise für mein weiteres Leben und Schreiben zumindest anzudeuten.

3

Als mein Vater Ende der achtziger Jahre starb, war dieser Verlust für mich nur schwer zu ertragen. Ich erlebte ihn als einen starken Einschnitt, der mich zeitweise wieder in die hilflosen Verhaltensformen meiner stummen Kindheit zurückversetzte. Ich gab die meisten Kontakte zu Freunden und anderen Bekannten auf, und ich wohnte wieder monatelang an den alten, vertrauten Orten meiner Kindheit und Jugend, in denen ich zusammen mit den Eltern lange Zeit in den geschlossenen Bezirken der Familienphantasien gelebt hatte.

All diese Bezirke wieder für längere Zeit zu verlassen, erschien mir damals beinahe unmöglich. Die Erinnerungen an den Vater und die Präsenz des Gestorbenen waren teilweise so übermächtig, dass ich nicht einmal daran dachte, mich aus den Welten und Räumen, in denen ich zusammen mit ihm gelebt hatte, auch nur wenige Tage oder Schritte hinaus zu bewegen.

Das aber änderte sich, als ich durch einen Zufall wieder auf das Manuskript der *Moselreise* stieß. Ich las es von der ersten bis zur letzten Seite erneut durch und bemerkte, dass sich während der Lektüre eine starke Sehnsucht nach Wiederholung genau dieser Reise einstellte. Ich wollte wieder von Koblenz nach Trier reisen, und ich wollte in genau jenen Orten Station machen, in denen ich zusammen mit dem Vater Station gemacht hatte.

4

Wenig später habe ich diese Reise dann auch wirklich wiederholt. Wie in den Kindertagen habe ich in Koblenz mit meinen Notaten begonnen: Ich bin zum Rhein gegangen und habe mich auf eine Bank gesetzt, ich habe die Steine über den Fluss flitzen lassen, und ich bin hinauf, zum früheren Hotel »Rittersturz«, gefahren, das längst abgerissen und dessen Gelände in eine Aussichtsterrasse verwandelt worden war. Schon während dieses ersten Tages bestätigten sich meine Vermutungen: Der Sehnsucht nach der Wiederholung der Reise lag die Sehnsucht nach dem Zusammensein mit dem verlorenen Vater zugrunde.

Indem ich die Reise wiederholte, verlor die Präsenz des Gestorbenen nun aber viel von ihrer bisherigen Statik und

Schwere und wurde immer mehr zu einem intensiven Austausch und schließlich sogar zu einer Art von Gespräch. Eine Voraussetzung für dieses Gespräch war, dass mir all die kleinen Räume und Orte der Reise zum einen bekannt waren und dass ich sie andererseits nicht als reale Räume und Orte, sondern als Räume und Orte der gemeinsam mit dem Vater absolvierten *Moselreise* wahrnahm.

So bewegte ich mich während dieser zweiten Reise in die früheren Aufzeichnungsräume der Schrift zurück, und so reagierte ich auf diese Rückwärtsbewegung mit einem andauernden Blick darauf, was sich seit der früheren Reise in meinem Reiseverhalten verändert hatte.

Dabei bemerkte ich aber, dass es auf den ersten Blick gar nicht so viele Veränderungen gab, sondern dass die Ähnlichkeiten zwischen den beiden Reisen sogar überwogen. Manchmal ging ich zum Beispiel, auch ohne einen erneuten Blick in das Manuskript der *Moselreise* geworfen zu haben, instinktiv dieselben Wege, auf denen ich als Kind mit dem Vater unterwegs war. Ein anderes Mal orientierte ich mich, ohne mich zunächst daran zu erinnern, genau wie der Vater am Sonnenstand und an den Himmelsrichtungen. So erkannte ich von Tag zu Tag immer mehr, wie stark ich insgesamt noch von dem väterlichen Verhalten geprägt war. Ich bewegte und beobachtete nicht nur wie er, sondern ich war ihm auch in meinen Vorlieben und Eigenarten sehr ähnlich.

Mit der Zeit sammelte und notierte ich dann all die vielen Details, die mir fast täglich an Übereinstimmungen auffielen: Ich bestellte nicht nur wie mein Vater immer wieder Moselaal und Forelle, sondern ich trank auch wie er an den

Abenden immer wieder zwei oder drei Gläser Moselwein. Ich las nicht nur wie er die »Mosella« des Römers Ausonius, sondern ich schaute mir auch wie er in den kleinen Moselkirchen jedes Detail sehr genau an. Ich beschaffte mir nicht nur wie er an jedem Morgen die neuen Tageszeitungen, sondern ich las auch wie er in den Werken des großen Mannes aus Kues.

So wurden die Listen der Übereinstimmungen immer länger, während zugleich aber auch viele Aufzeichnungen entstanden, in denen ich mich mit meinem Vater nicht mehr im Tonfall des Kindes, sondern in dem eines an Kenntnissen und Erfahrungen beinahe ebenbürtigen Mannes unterhielt. So befragte ich also meinen Vater nach seinen Wahrnehmungen, Überlegungen und Empfindungen, und ich beantwortete meine Fragen im Tonfall meines Vaters, um gleichsam eine zweite, erweiterte Fassung der *Moselreise* zu schreiben:

Lektüre des Ausonius

Ich: Hat Dich die »Mosella« des Ausonius nicht manchmal auch etwas gelangweilt?

Vater: Nein, richtig gelangweilt hat sie mich nicht. Aber ich weiß, worauf Du anspielst. Die »Mosella« ist an vielen Stellen etwas pedantisch und faktisch. Dafür gibt es aber auch andere Stellen, die beinahe bewundernswert enthusiastisch sind.

Ich: Du meinst die Stellen, in denen Ausonius die Mosel und den Moselraum preist und lobt?

Vater: Ja, ich meine genau diese hymnischen Stellen. Die gefallen mir sehr, und als ich sie gelesen habe, habe ich gedacht: Wie seltsam, dass es diesem alten Römer gelungen ist, an der Mosel derart glücklich zu sein! Alles stimmt für ihn zusammen: Der Fluss, seine Farben, die Weinberge, die römischen

Villen mit Blick auf den Fluss, das stille und ruhige Leben der Winzer und Landarbeiter – das alles ergibt für ihn ein Tableau, das es heutzutage in dieser Stimmigkeit kaum noch gibt. Aber wir ahnen es, nicht wahr? Wir erahnen es, indem wir Ausonius lesen und uns an der Mosel so wie er entlang bewegen.

5

Die Wiederholung der *Moselreise* in den späten achtziger Jahren entpuppte sich schließlich als der Versuch, die schweigsame und belastende Präsenz des gestorbenen Vaters in ein Gespräch mit diesem Vater zu überführen. Die Themen dieses Gespräches waren durch die Wanderung entlang der Mosel und meine erste Reiseerzählung vorgegeben. Weil ich in dieser Erzählung so genau und geduldig von all unseren gemeinsamen Unternehmungen berichtet hatte, konnte ich während der zweiten Reise unsere Themen und Gespräche gleichsam reaktivieren. So konnte ich überprüfen, wer ich nun war und wie ich nun dachte, indem ich mich an die Überlegungen und Empfindungen des Vaters anlehnte. Gleichzeitig erhielt ich ihn aber auch weiter am Leben, indem er für mich zu einer durchaus noch gegenwärtigen Figur wurde, die mein Reiseverhalten noch immer bis ins kleinste Detail bestimmte.

Ich hütete mich daher davor, von unserer gemeinsamen Reiseroute abzuweichen, ja ich hielt mich so genau und beinahe penetrant an alle Vorgaben, dass ich die Strecke, die wir mit einem Schiff zurückgelegt hatten, ebenfalls mit dem Schiff zurücklegte, oder dass ich das Stück, das wir mit dem Fahrrad bewältigt hatten, ebenfalls mit dem Fahrrad bewältigte. Darüber hinaus übernachtete ich, wann immer das noch möglich war, in denselben Quartieren wie während der früheren Fahrt, ja ich versuchte sogar, dieselben Speisen in denselben Wirtschaften zu essen.

Nur eine einzige Abweichung von der ersten Moselreise erlaubte ich mir kurz vor dem Ende der zweiten. Diese Abweichung hatte mit dem Schriftsteller Stefan Andres zu tun, dessen autobiographischen Roman »Der Knabe im Brunnen« ich selbstverständlich auch während der zweiten Reise wieder gelesen hatte.

Seit der ersten Reise hatte ich aber noch viele andere Werke von Stefan Andres gelesen, ja ich hatte es nach meiner Ankunft in Rom Ende der sechziger Jahre sogar gewagt, den damals ebenfalls in Rom lebenden Stefan Andres anzuschreiben und ihn um eine Begegnung zu bitten.

Stefan Andres hatte mir sehr freundlich geantwortet und mich in seine römische Wohnung eingeladen. Zugleich hatte er mir jedoch auch mitgeteilt, dass er sich vor unserer Begegnung einem kleineren operativen Eingriff unterziehen müsse. Er schien diesen Eingriff nicht sonderlich ernst zu nehmen, denn er verabredete sich mit mir zu einer genau angegebenen Stunde einige Tage nach der Operation.

Dann jedoch erhielt ich die Nachricht, dass Stefan Andres an dem operativen Eingriff gestorben sei. Während meiner römischen Tage konnte ich ihn also nicht mehr besuchen, sondern ihm nur noch an seinem Grab auf dem *Campo Santo Teutonico* direkt neben der Peterskirche die letzte Ehre erweisen.

An all diese Erlebnisse erinnerte ich mich, als ich während der zweiten Moselreise zuletzt in Traben-Trarbach in den Zug stieg und an das frühere Endziel der Reise, nach Trier, fahren wollte. Diesmal aber fuhr ich nicht direkt von Traben-Trarbach nach Trier, sondern stieg in Schweich aus. In Schweich besuchte ich das Kulturzentrum *Niederprümer Hof*, in dem sich eine Ausstellung mit Bildern, Fotografien, Dokumenten und Büchern von Stefan Andres befand. Der sehr freundliche Kustos, der mich damals führte, wusste natürlich auch, wie ich das Geburtshaus des Dichters, eine frühere Mühle im Tal der Drohn, finden konnte.

Ich fand die alte Mühle dann wahrhaftig, sie war bewohnt, und auch ihre Bewohner waren so freundlich, dass sie mich schließlich sogar zu dem Brunnen führten, in dessen dunkle Tiefe der junge Stefan Andres früher schaudernd und erschrocken hinuntergeschaut hatte, um im Spiegelbild des Wassers das Bild eines fremden Jungen zu entdecken, der ihn in die Tiefe ziehen wollte.

Damals, kurz vor dem Ende meiner zweiten Moselreise, stand ich also vor dem Andresschen Brunnen und schaute in seine Tiefe. Kaum eine halbe Stunde später notierte ich, wieder nach Schweich zurückgekehrt, auf dem Wege nach Trier:

Der Knabe im Brunnen

Ich habe in den Brunnen geschaut, und ich bin erschrocken. Ich bin nicht mehr der Bub meines Vaters, sondern ein Mann von beinahe vierzig Jahren. Ich habe diesen Mann von beinahe vierzig Jahren ganz deutlich erkannt, ja, genau, ich habe das Gesicht und das Aussehen eines Mannes von beinahe vierzig Jahren. Mit diesem Gesicht und diesem Aussehen werde ich jetzt ohne meinen lebenden Vater leben müssen, ohne den lebenden, aber nicht ohne den toten. Ich werde meinen toten Vater nicht vergessen, nein, ich werde weiter mit meinem toten Vater leben. Wir werden den Rest meines Lebens gemeinsam erleben, mein Vater und ich, und wir werden das gemeinsam mit der Mutter tun, mit der Mutter, ja, genau, gemeinsam mit der noch lebenden Mutter. So wird unsere Familie noch ein gutes Stück Leben zusammenbleiben, und ich werde der Aufschreiber dieses gemeinsamen Familienlebens sein.

6

Kurze Zeit nach meiner zweiten Moselreise, die mir so wichtige Hinweise für mein weiteres Leben und Schreiben gegeben hatte, ging ich wieder für längere Zeit nach Rom. Dort habe ich mich seit meinem ersten Aufenthalt Ende der sechziger Jahre immer wieder geborgen und aufgehoben gefühlt. In Rom setzte ich das ununterbrochene Gespräch mit meinem Vater fort, und in Rom mündete dieses Gespräch dann in die Arbeit an einem Roman, in dem ich von meinem Vater Abschied nahm.

Dieser 1992 erschienene Roman hieß »Abschied von den Kriegsteilnehmern«, und er begann so:

… *Als ich aber aus der kleinen Leichenhalle des Dorfes ins Freie trat, schlugen mir die Sonnenstrahlen gerade ins Gesicht, und während ich geblendet weiterging und weiter versuchte, ruhig, langsam und sicher aufzutreten, aufzutreten auf dem noch feuchten Kies, in dem ich jeden einzelnen Stein zu erkennen glaubte, dachte ich immer nur, dass es nichts sei, dies hier, gar nichts, nichtiges Gehen, sonst nichts, und so ging ich mit diesem verschleppten Gang hinter dem auf dem kleinen Karren vor mir dahinschwankenden Eichensarg her, in dem die Leiche meines Vaters liegen musste.*

Ich konnte mich in diesen Momenten nicht an meinen Vater erinnern, ja, ich versuchte es nicht einmal, sondern ging, wie ich mir befahl, nur langsam und ruhig hinter dem Sarg her und versuchte, alle Erinnerungen aus meinen Gedanken fortzuschaufeln, um nichts, rein gar nichts zu empfinden. Nein, dachte ich nur, in diesem Sarg liegt nicht die Leiche meines Vaters, nein, mein Vater ist irgendwo, jedenfalls nicht in diesem Sarg, wie sollte er denn auch in diesen Sarg gelangt sein, wer hätte ihn hineingelegt, und wenn überhaupt…, dann hätte er ja zuvor gestorben sein müssen. Neinnein, dachte ich weiter, natürlich ist Vater nicht gestorben, noch nicht jetzt, irgendwann wird er sterben, aber noch lebt er ja, er lebt…

Das Weiterleben der Moselreise

Seit der Veröffentlichung des Romans »Abschied von den Kriegsteilnehmern« im Jahr 1992 sind nun wiederum fast zwei Jahrzehnte vergangen, und doch kann ich nicht behaupten, dass mich die Erfahrungen der beiden Moselreisen und all der Schreibprojekte, die sich an diese Reisen anschlossen, nicht weiter prägen würden. Nein, ganz im Gegenteil, je älter ich werde, umso stärker nehme ich wahr, wie stark all mein Notieren und Schreiben noch an diese früheren Reisen gebunden ist.

Zum einen erkenne ich diese engen Bindungen daran, dass ich noch heute in genau derselben Manier wie in meinen Kinderjahren notiere und skizziere. Das große, unveröffentlichte Schreibprojekt der täglichen Aufzeichnungen erscheint mir inzwischen sogar als mein eigentliches Schreibprojekt oder »Hauptwerk«, aus dem immer wieder Teilprojekte in Form von Romanen, Erzählungen, Essays, Reportagen oder Artikeln hervorgehen. Insofern arbeite ich in meiner jetzigen Schriftsteller-Werkstatt genau wie das kleine, frühere Kind an der Mosel: Unaufhörlich werden Notate gesammelt und später zu einem durchgearbeiteten »Werk« komponiert. Das längste dieser ersten »Werke«

war »Die Moselreise«, die dann wiederum die Vorlage für kleinere Erzählungen bildete.

Zum anderen kann ich die engen Bindungen an diese frühen Erfahrungen aber auch an der Art und Weise erkennen, wie ich heutzutage noch immer reise. Dieses »Reisen« verläuft nämlich nach seltsamen Regeln und stützt sich auf Vorlieben, die ich in meinem weiteren Leben wohl kaum noch einmal werde verändern oder gar ablegen können.

Eine erste Regel betrifft die Langsamkeit des Reisens, und sie hat konkret für mich zur Folge, dass ich noch immer am liebsten größere Strecken zu Fuß gehe. Selbst das Fahrradfahren verläuft mir oft zu schnell, ganz zu schweigen vom Autofahren. Mit dem Zug ist das Reisen dagegen möglich, wohl auch deshalb, weil ich als Kind sehr viel mit dem Zug und niemals mit dem Auto unterwegs war. Zugfahren bedeutete: Mit einem Vater zu reisen, der als Vermessungsingenieur für die *Deutsche Bundesbahn* arbeitete und daher viele Details der Strecken und Maschinen sehr genau kannte und sich auf den Bahnhöfen mit anderen Mitarbeitern der *Deutschen Bundesbahn* unterhielt. Zugfahren war also Teil des elterlichen Kosmos und keineswegs etwas Fremdes, es war, als sei man ununterbrochen mit guten Verwandten unterwegs, die einem auf jedem Bahnhof und von jeder Lok aus zuwinkten und daher in enger Verbindung zu einem standen.

Eine zweite Regel betrifft das Koordinaten-Netz jener Städte und Landschaften, in denen ich mich zu Hause fühle. Diese Regel wiederum hat ganz konkret für mich zur Folge, dass ich mich nicht allzu weit von diesen Städten und

Landschaften entfernen darf. Jede Stadt oder Landschaft, die ich zum ersten Mal betrete, unterziehe ich gleichsam einem inneren Test: Wie nahe kommt sie meinen Heimatstädten und Heimatlandschaften, was macht sie für mich also »heimatlich« oder »fremd«?

Ein Aufenthalt in fremden oder sogar sehr fremden Städten ist für mich nur schwer möglich, und so breche ich länger geplante Aufenthalte in solchen Städten denn auch meist nach nur wenigen Tagen wieder ab. Eine der für mich fremden, ja sogar sehr fremden Städte ist zum Beispiel Berlin, wo ich es kaum einmal mehr als einige Tage ausgehalten habe und von wo ich schon oft nach nur einem einzigen Aufenthaltstag fluchtartig wieder verschwunden bin.

Der stete Mittelpunkt der Heimatstädte ist dagegen meine Geburts- und Kindheitsstadt Köln, in die ich nun wiederum zu allen möglichen Gelegenheiten und manchmal sogar regelrecht panikartig hin reise, um dort zumindest einige Stunden zu verbringen. So setze ich mich an einem Sonntagmorgen plötzlich in Stuttgart in einen ICE und fahre nach Köln, und so fahre ich, beruhigt und gestärkt, am späten Abend wieder zurück nach Stuttgart, wo ich seit beinahe dreißig Jahren lebe.

Ein weiterer Mittelpunkt meiner Reisen ist die Heimatlandschaft des Westerwaldes, in dem meine Eltern aufgewachsen sind und wo ein kleines Ferienhaus steht, in dem ich ebenfalls noch viel Zeit verbringe. Schon der bloße Gedanke an dieses Haus kann mitten im alltäglichen Leben ein heftiges Heimweh auslösen, und dieses heftige Heimweh kann mitten im alltäglichen Leben dann dazu führen, dass ich von einem Tag auf den andern in mein Elternhaus verschwinde, um dort zumindest einige Tage zu bleiben.

Von Köln und dem Westerwald aus verläuft die geographische Linie der Heimatstädte und Heimatlandschaften südlich nach Mainz, Salzburg, Zürich, Venedig und Rom, westlich nach Paris, nördlich nach Hamburg und Lübeck und östlich nach Wien und weiter nach Prag. In diesem Koordinatennetz fühle ich mich also zu Hause, und auf dieses Koordinatennetz orte ich während meiner Aufenthalte in anderen Städten und Landschaften all diese Räume, um nach verborgenen Übereinstimmungen oder gar Ähnlichkeiten zu suchen.

Meist beginnt diese Ortung schon mit dem Verlassen des Zuges und dem Gang hinaus aus einem Bahnhof. Immer ist da die unbewusste Frage danach, ob mir eine Stadt oder Landschaft auf irgendeine spürbare Weise entgegenkommt oder nicht. Freiburg zum Beispiel kommt mir schon nach wenigen Schritten (und dann in der Gehbewegung auf das Münster und den Markt zu) stark entgegen, Würzburg kommt mir auf dem Weg zur Residenz entgegen, und natürlich kommt mir München entgegen, sobald ich in die Nähe des Marienplatzes, des Viktualienmarktes oder des Englischen Gartens gerate.

Oft hat das Entgegenkommen mit einer allmählichen Öffnung hin zu einem größeren, alten Platz oder einem größeren, älteren Bauwerk zu tun, und oft wird dieses räumliche Sich-Öffnen begleitet von einer atmosphärischen Öffnung: Von Gerüchen und Düften, von Wirtschaften und Lokalen, von Gesprächen und ersten Kontakten. Das »Entgegenkommen« ist also eine Art von Ensemble, das alle Sinne berührt und diese Berührungen aufeinander abstimmt. Auf diese Weise entsteht ein stimulierender, sinnlicher Gesamteindruck, der sofort danach verlangt, notiert, skizziert und damit aufgehoben zu werden.

Daher ist die Art und Weise, wie mir eine Stadt entgegenkommt, ganz konkret messbar. Die Messung nämlich schlägt sich nieder in der Spontaneität der Aufzeichnungen, in ihrer Fülle und in der Bereitwilligkeit, mit der ich mich dieser Arbeit hingebe. Komme ich also in eine fremde Stadt und beginne schon bald mit dem Notieren, Skizzieren oder auch Fotografieren, so ist das ein untrügliches Zeichen dafür, dass die jeweilige Stadt oder Landschaft mich an sich zu ziehen beginnt. Bleibt aber das Notieren und Fotografieren für längere Zeit aus, dann resigniert die Wahrnehmung, und ich spüre ganz deutlich, wie ich inmitten eines mir immer fremder werdenden Raumes von Minute zu Minute stärker erkalte. Nichts macht mir mehr Lust, fast alles stößt mich ab und platziert sich aufdringlich vor mir, ich muss weg, sofort, am besten gleich mit dem nächsten Zug.

Sicher hat es in meinem Leben Ur-Erfahrungen gegeben, die ein so merkwürdiges Reiseverhalten ausgelöst und dann weiter geprägt haben. Eine zentrale Ur-Erfahrung war zum Beispiel meine erste Reise nach Rom und das nächtliche Ankommen auf der *Stazione Termini* in den späten sechziger Jahren. Damals kam ich dort mit der nicht unbegründeten Furcht an, dass mir der stärkste Fremdheits-Schock meines Lebens bevorstehe. Ich sprach kein Wort Italienisch, ja ich hatte das deutsche Sprachgebiet bis zu diesem Zeitpunkt noch nie verlassen. Meine Furcht bezog sich aber nicht nur darauf, mit den Römern nicht sprechen zu können, sondern noch viel mehr darauf, in Rom von Stunde zu Stunde immer schweigsamer und schließlich wieder sprachlos zu werden.

Dann jedoch kam alles ganz anders. Ich kam auf der *Stazione Termini* an, und ich verließ sie und ging von der *Stazione* aus hinab in die nächtliche Stadt, während sich alle Poren dieser Stadt öffneten und alle nur denkbaren Atmosphären mich immer enger an sich zogen.

Dieses starke, prägende Erlebnis habe ich in meinem autobiographischen Roman »Die Erfindung des Lebens« nicht nur dargestellt, sondern auch in dem größeren Rahmen erzählt, in den es gehört: In dem Rahmen meiner Familiengeschichte, die im Köln der fünfziger Jahre beginnt und mich in den frühen sechziger Jahren an die Mosel geführt hat, wo ich »das Reisen« und das Zuhause-Sein in der Fremde für immer gelernt habe, um später sogar einmal aufbrechen zu können nach Rom.

Inhalt

Hanns-Josef Ortheil wurde 1951 in Köln geboren. Er lebt als Schriftsteller in Stuttgart, Wissen an der Sieg und Rom und lehrt als Professor für Kreatives Schreiben und Kulturjournalismus an der Universität Hildesheim. Seit vielen Jahren gehört er zu den bedeutendsten deutschen Autoren der Gegenwart, sein Werk ist mit vielen Preisen ausgezeichnet worden, zuletzt mit dem Brandenburger Literaturpreis, dem Thomas-Mann-Preis, dem Georg-K.-Glaser Preis, dem Nicolas-Born-Preis und dem Elisabeth-Langgässer-Literaturpreis. Seine Romane wurden in über 20 Sprachen übersetzt.